LA NUIT EN VÉRITÉ

VÉRONIQUE OLMI

LA NUIT
EN VÉRITÉ

roman

ALBIN MICHEL

IL A ÉTÉ TIRÉ DE CET OUVRAGE
Vingt exemplaires
sur vélin bouffant des papeteries Salzer
dont dix exemplaires numérotés de 1 *à* 10
et dix exemplaires, hors commerce, numérotés de I *à* X

Pour Christophe G.

«Pour la première fois il y eut comme une pierre tombée dans la solitude indéfinie de ses rêveries : c'était *là*, contre quoi on ne pouvait rien faire, c'était la *réalité.*»

Robert MUSIL,
Les Désarrois de l'élève Törless.

«Être vainqueur, c'est vivre.»

Gabriel CHEVALLIER,
La Peur.

L'appartement était très grand. Très vieux. Refait à neuf. Il était en plein cœur de Paris, derrière les jardins du Palais-Royal, tout près des Tuileries. Un Paris idéal. Entre le Louvre et la Comédie-Française. Inévitable pour les circuits touristiques. Il y avait des fontaines. Des bistros en terrasse. Des librairies et des jardins. Il y avait beaucoup de circulation, car la rue de Rivoli était presque inévitable, on était obligé un jour ou l'autre d'y passer, c'était un organe vital, une artère, le mot est juste car le sang y battait et le rythme était soutenu, puissant. Les bus étaient souvent bloqués aux carrefours et les voitures lancées grillaient les feux rouges.

Une vie agitée.

Mais le grand appartement était bien situé, on n'y entendait jamais, absolument jamais, le bruit de la circulation rue de Rivoli. Même quand les fenêtres étaient ouvertes. Même quand il y avait du vent.

L'appartement était comme une montagne au-dessus d'une vallée. Il dominait. Étanche aux jacassements et au fracas d'en bas.

L'appartement était clos et se suffisait à lui-même. Il occupait toute la vie de Liouba, qui le nettoyait chaque jour.

Enzo n'était jamais à l'heure au collège. Il y arrivait toujours trop tôt ou trop tard. Ça n'était jamais quand il fallait. Jamais le bon tempo. Certains arrivaient en avance, mais ça n'était pas en avance, puisqu'ils traînaient. Entre eux. Dès qu'ils se voyaient ils marchaient les uns vers les autres, déjà ils souriaient, vaguement, un sourire ironique et joyeux, et puis ils levaient une main, chacun au même instant, dans une synchronicité parfaite, et leurs mains se frappaient, leur salut était un pacte de complicité. Ils n'étaient jamais en retard ou en avance. Ils étaient là et c'était toujours leur place, ils allaient en cours sans y penser.

Enzo se demandait s'ils étaient nés comme ça. À l'aise. Ensemble. Tout était à leur mesure. Le collège. Les profs. Les interclasses. La cantine. La cour. Et ça n'était pas nouveau. À l'école primaire déjà, ils étaient chez eux. Rien ne pouvait les surprendre. Enzo les regardait comme un enfant à qui l'on a mis un brassard avec un numéro dessus, mais il n'avait jamais su quand il devait entrer sur le terrain. Quelqu'un le lui avait-il dit ? C'était possible. Mais il n'avait pas entendu. Il avait passé des années à passer son tour, sans comprendre pourquoi. Bien sûr il avait eu de brèves amitiés, et quelques parties de ballon avec les autres, quand il était en CM1, et en CM2 aussi. Il avait eu un ou deux fous rires avec des copains, en cours de chant par exemple, et il avait ressenti cette protection naturelle du groupe, instantanée et puissante. Le groupe pouvait tout faire. Il pouvait renverser un prof et le mettre à terre. Enzo en avait vu un pleurer. Un autre balancer des craies, casser une règle en deux et puis sortir. Vaincu et minable.

Enzo préférait arriver en retard plutôt qu'en avance. En avance c'était le pire bien souvent. Sauf quand il pleuvait ou qu'il faisait très froid. Ces jours-là les élèves arrivaient juste pour rentrer en cours, toujours le bon tempo, le sens inné de l'heure, et ils n'avaient pas le temps de se croiser dans la cour, Enzo et eux. Et parfois l'enfant avait le sentiment qu'ils l'avaient oublié.

Ça ne durait jamais longtemps. Très vite ils se souvenaient de son existence. S'il était tombé malade, s'il n'était plus venu, s'il avait disparu, Enzo leur aurait terriblement manqué. On pourrait même dire qu'ils lui en auraient voulu. Qu'ils ne lui auraient jamais pardonné cette absence.

Mais cela n'arriverait pas.

Liouba tenait à ce que son fils apprenne au prestigieux collège tout ce dont elle ne se souvenait plus. Qu'il ait le savoir, et la chance d'utiliser ce savoir. Et elle n'aurait pas supporté de l'avoir dans les pattes quand elle nettoyait le grand appartement. Elle était seule en son royaume. Et jamais elle ne baissait la garde.

Ce jour-là il avait beaucoup plu. Quand il pleuvait il y avait un bref moment de poésie dans les jardins du Palais-Royal, et puis très vite il pleuvait trop, la poésie était gâchée, à la place il y avait de la boue, une lumière voilée, le soir arrivait en plein après-midi et plus rien n'avait de sens. Enzo aimait bien cela. La déroute. La déveine que les autres ressentaient. Quand il pleuvait trop et qu'il était chez lui, Enzo se mettait toujours à la fenêtre. Un souvenir. Quand il était petit, c'est Liouba qui l'entraînait, c'était leur moment de théâtre, comme elle disait, le nez collé à la vitre ils riaient, bien à l'abri l'un contre l'autre, à regarder ceux qui se faisaient saucer.

Ce jour-là il avait beaucoup plu et Enzo ne s'était pas mis à la fenêtre. Il avait été surpris par la pluie en rentrant du collège et il était comme les autres : trempé et agacé. Laissant des traces dans les escaliers et ôtant ses chaussures sur le palier, bien avant de mettre la clef dans la serrure. Dès qu'il était entré il avait entendu les rires et les éclats de voix, les piaillements habituels de Liouba et de ses copines. Elles prenaient le thé dans la cuisine et Enzo savait qu'il devait aller les saluer, ne pas faire honte à Liouba, car il était comme une extension de sa mère, sa place en ce monde : Voilà mon fils ! disait-elle toujours en relevant un peu le menton, et personne n'aurait osé ne pas la féliciter, car « Voilà mon fils » était prononcé comme une sorte de défi, elle aurait pu aussi bien dire Et voilà le travail ! ou bien Qui dit mieux ?, et ses amies, qui pour la plupart connaissaient Enzo depuis qu'il était né, félicitaient toujours Liouba, comme si l'enfant venait de naître et qu'elles le voyaient pour la première fois. C'était sans doute pour cela qu'elles ne lui demandaient jamais son avis sur rien, elles s'adressaient à lui comme si tout dialogue était impossible, comme s'il n'avait jamais appris à parler. Elles disaient : Oh qu'il est beau ton fils Liouba, et cela suffisait, Liouba était satisfaite et Enzo pouvait partir dans sa chambre.

On était vendredi soir. Il y aurait deux jours sans école. Et tant pis s'il pleuvait, ou plutôt tant mieux, Enzo ne sortirait pas. Il resterait dans l'appartement comme un enfant malade. Un animal dans son trou.

Inatteignable et invisible. Quelle ironie. Être gros et invisible. Mais pourquoi pas ? Ça n'était pas si difficile, l'enfant avait été surpris la première fois qu'il s'en était rendu compte. C'était en cours de gym. Il portait cet affreux survêtement noir informe (Liouba l'habillait toujours de noir, pour deux raisons : la première était que le noir, disait-elle, était « chic », la deuxième, que ça maigrissait) et ces baskets soldées au Décathlon des Halles, alors que les autres élèves formaient un troupeau de gars branchés et identiques. Nike. Adidas. Nike. Adidas. Adidas. Nike. Leurs baskets étaient magnifiques. Avec leurs semelles à plusieurs strates et leurs coussinets aérodynamiques, elles étaient antistatiques et confortables. Ils n'y prenaient pas garde, et Enzo pensait que sa mère se trompait : ce n'était pas le noir qui était chic, c'était l'indifférence. Porter des baskets Nike et s'en foutre. Ce jour-là en cours de gym il fallait monter à la corde lisse, Enzo ne comprenait pas pourquoi il devait apprendre ça, monter à la corde lisse, quand, dans une vie, doit-on se hisser tout en haut d'une corde ? Et où y a-t-il des cordes ? Apprendre à courir, à sauter, à nager, Enzo pouvait le comprendre, mais monter à la corde lisse ? Quand il avait été désigné, ça avait fait rire les autres, et il y avait de quoi. Faire monter Enzo à la corde c'était un peu comme accrocher de la gélatine sur une tige : ça s'écroulait forcément, c'était couru d'avance et il avait compris que ça les fasse marrer, c'était drôle, il ne pouvait le nier, il était incompatible avec cet exercice, c'était physiologique, mais le prof l'avait désigné parce que son job était de faire marcher des élèves sur une poutre, sauter sur un cheval d'arçons et monter à la corde lisse. Il avait mis son chronomètre en marche et il attendait. Enzo avait les mains tellement moites que la corde glissait entre ses paumes, et autour de ses mollets elle s'échappait comme un animal farceur, impossible de la caler, ses pieds battaient l'air tout autour et elle fuyait, c'était comme un gag, les pieds d'Enzo se cognant, tressautant, et la corde qui se dérobait toujours. Même le prof avait été gagné par le fou rire car il était évident que lui non plus ne regardait plus Enzo, sa grosseur, son survêtement noir informe, mais ses pieds qui faisaient un numéro de claquettes dans le vide. Quelques élèves tapaient des mains en rythme, un avait sorti son portable et filmait en douce, Enzo avait terriblement mal aux bras mais tous regardaient ses pieds, qui sautillaient comme si on avait allumé un bûcher juste en dessous, et c'est là que c'était venu, dans ce découragement, cette certitude que jamais il ne décollerait, jamais il ne progresserait d'un seul centimètre sur cette corde lisse : son esprit s'était barré ailleurs. Et Enzo était devenu invisible. Cela était peut-être dû à la fatigue, à l'immense lassitude de savoir qu'il ne parviendrait jamais à caler la corde entre ses pieds et à grimper, et soudain, il avait pensé à autre chose. Soudain, *il n'était plus là*. Il s'était vu haut, bien plus haut que le sommet de la corde lisse, bien plus haut que le gymnase, il était entre deux galaxies qui n'avaient pas de nom et qui lui disaient une chose, une seule : C'est déjà fini.

Jamais, dans aucun des livres que lisait Enzo (et Dieu sait s'il lisait, tellement, que Liouba pensait que sa grosseur venait aussi de là, sa mollesse était due au fait qu'il était toujours posé sur ses fesses), dans aucune histoire il n'avait lu pareille formule magique : « C'est déjà fini. » Et il avait su que tous les élèves assis sur le revêtement du gymnase étaient morts. Leurs rires devant ses pieds frétillants et dansotants étaient déjà anciens, et disparus, ne perdurant dans aucune mémoire, même le film sur le téléphone portable n'avait ni réalité ni consistance. Leur vie était en retard. Comme la lumière d'une étoile. On la reçoit quand c'est déjà fini. Over. Terminé. Mort. Et si Enzo lui-même parvenait à oublier cet instant, sa honte, sa douleur, les crampes dans ses pieds virevoltants, si Enzo parvenait à oublier son envie de pleurer et sa lassitude du collège, du groupe, de la gymnastique, s'il parvenait à effacer cela de sa mémoire, alors ce serait *réellement* fini. Le monde n'en porterait aucune trace. Ça n'aurait jamais eu lieu.

Hélas, Enzo n'y parvint jamais tout à fait. Il ne fut jamais totalement amnésique de ce cours de gym avec la corde lisse, mais ce qu'il retint de cette heure où il avait été le seul élève à travailler, c'est que durant quelques secondes, il avait réussi à s'échapper. Et il avait hâte de recommencer. Voir dans quelles circonstances l'expérience pouvait se répéter. Surplomber le monde depuis l'espace noir entre deux galaxies. Et être au calme.

Il pleuvait et Enzo n'avait qu'une envie : s'asseoir dans son lit avec des tartines de Nutella et un livre de Jack London. Mais prendre le pot de Nutella devant ses copines était comme insulter publiquement Liouba, la désigner comme ce qu'elle craignait le plus : une mauvaise mère. Bien sûr, il y avait des pots de Nutella dans les placards. Bien sûr, c'était Liouba elle-même qui les achetait, « ces saloperies », comme elle disait, mais elle avait cette capacité incroyable de dissocier ses actes de ses convictions, aussi pouvait-elle interdire à Enzo le Nutella qu'elle lui avait elle-même acheté. Qu'il le prenne donc en cachette, la nuit s'il le fallait, mais qu'elle n'en sache rien. C'est injuste, disait-elle parfois, un petit blond maigrichon qui mange une glace, ça n'est rien, mais toi Enzo, sitôt que tu mords dedans on se dit que tu l'as bien cherché. Non c'est injuste, c'est vrai, et pourtant, personne ne peut penser autre chose, on ne peut en vouloir à personne : on te voit manger du chocolat on est écœuré, et toi non plus tu n'y es pour rien, tout le monde aime le chocolat, j'aime le chocolat, je ne pourrais pas passer une journée sans en manger, pas une seule. Enzo était d'accord. C'était vrai. Un gros qui mord dans une glace ou une tartine de Nutella semble n'avoir fait que ça depuis qu'il est né. Un gros essoufflé après avoir couru est pathétique et lamentable, tandis qu'un garçon tout fin et essoufflé qui se tient les hanches en grimaçant, c'est joli, on voit tout de suite qu'il vient de battre un record. C'est forcément pour son bien, c'est sain et profitable cet essoufflement. Mais un gros, il semblerait qu'il va mourir sur l'heure, non ? Il pourrait mourir sur l'heure, avec son cœur entouré de gras, tout enveloppé de cette masse visqueuse, une main blanche et humide qui chercherait à l'écraser comme une noix entre deux pinces. Enzo avait vu des photos. Un élève lui avait envoyé sur son téléphone portable la photo d'« un cœur de gros », recouvert d'une masse jaunâtre comme du beurre rance. Enzo n'était pas si gros que ça, pas autant que les autres le disaient, le docteur ne parlait jamais d'« obésité », il disait « surpoids attention Enzo surpoids », c'était juste avant la ligne d'obésité, qu'Enzo savait ne pas avoir franchie, mais ça, personne ne voulait le savoir, aussi l'enfant n'expliquait-il pas la différence entre surpoids et obésité, bien qu'il sache qu'il était simplement *plus lourd que les autres*, et que si les autres eux-mêmes se mettaient à manger du Nutella la nuit, très vite ils seraient tous pareils, et au lieu de recevoir « un cœur de gros » sur son téléphone portable, il recevrait « un cœur », ce qu'il pourrait légitimement prendre comme un message d'amour. Encore une fois, on pouvait faire bien des choses avec cette foutue réalité, on pouvait l'embellir, comme dans les romans, et le pire était qu'elle se laissait faire à un point étonnant. Mais cette envie de lire tout en mangeant du Nutella, assis sur son lit tandis qu'au-dehors il pleuvait et que deux jours sans école s'ouvraient à lui, cette envie-là était aussi réelle que puissante. Enzo ne parvenait pas à penser à autre chose. Il avait faim. Il retourna dans la cuisine. Depuis le couloir, il les entendait. Il les aimait bien, toutes ces filles qui se prenaient pour des princesses sitôt que Liouba leur ouvrait la porte du grand appartement. Elles n'osaient rien toucher, elles hochaient la tête en silence, parfois l'une d'elles murmurait Putain c'est beau, et Liouba pinçait les lèvres avec un petit air entendu, non seulement putain c'était beau, mais en plus, elle était responsable de tout ça : les tapis afghans, les vases chinois, le cristal de Bohême, les statuettes africaines, la table en lave de volcan d'Italie, Le monde entier dans une seule pièce les filles, c'est moi qui vous le dis ! et elle faisait le tour du globe rien qu'en passant le doigt dessus.

Depuis la porte de la cuisine Enzo les regardait et se demandait quel âge elles avaient, les copines de sa mère. Elles n'étaient pas si vieilles, elles avaient à peu près l'âge de Liouba, qui l'avait eu à dix-sept ans et était encore « dans les vingt » comme elle disait (elle avait fêté ses vingt-neuf ans en novembre). J'ai encore l'âge de m'amuser, non ? Ne m'appelle pas maman devant les autres, Enzo, j'ai même pas la trentaine, bon Dieu ! Liouba s'accrochait à ses vingt-neuf ans comme si juste après il y avait une chute inévitable qui la ferait atterrir dans un immense filet se resserrant un peu plus chaque année, le piège du temps qui marquerait de ses rets son visage, son corps, et alors il faudrait acheter les premières crèmes antirides, et ne plus s'entendre appeler « mademoiselle », et renoncer au grand amour, qui sait ? Déjà qu'avec un gosse…, soupirait parfois Liouba, qui pouvait tout aussi bien changer d'avis et prétendre qu'avoir un gosse « ça te pose ». Parfois, Enzo était un plus. Parfois, un moins. Parfois Liouba l'appelait « mon bébé », et quand elle avait oublié de faire le repas, ou que le frigidaire était vide, elle soufflait : Oh ? J'ai quand même droit à ma vie, non ? et Enzo ne voyait pas le rapport. D'ailleurs il aimait bien quand elle avait oublié de faire à manger, car alors elle commandait des pizzas et lui donnait même l'autorisation de boire du coca, ainsi c'était une belle soirée, et ils étaient heureux.

On ne savait jamais de quoi Liouba et ses amies allaient parler. Elles avaient cette capacité étonnante de pouvoir parler de tout, absolument tout, avec le même sérieux. Elles pouvaient évoquer les syndicats qui s'en foutaient plein les poches, comme le prix des pommes : 4,90 euros le kilo de pommes, on est d'accord les filles, ça vous met LA pomme à un euro, soit presque 7 francs une seule pomme, on est bien d'accord?, ou la tenue d'un vernis à ongles. Dès qu'elles abordaient un sujet, il devenait important. Dès qu'elles pensaient à quelque chose, elles l'avaient à cœur. Enzo les avait même entendues débattre de la qualité des serviettes hygiéniques de nuit, il était reparti aussi vite que possible, son cœur enrobé de gras pesait dans sa poitrine, et quand il avait dû, une heure plus tard, venir leur dire au revoir ainsi que Liouba et la politesse l'exigeaient, elles discutaient de la préfecture de police et des lois injustes concernant les émigrés. (Ce qui n'avait pas empêché la plus virulente d'entre elles, qui leur promettait de leur apporter les derniers formulaires concernant les passeports biométriques, de s'interrompre, saisie par l'incroyable beauté d'un col en faux lapin que portait une autre, sur sa doudoune verte.)

Ce jour-là, elles parlaient de la pluie, c'était la fin de la journée, elles n'avaient plus grand-chose à se dire depuis deux heures qu'elles étaient ensemble dans l'immense cuisine dont par instinct elles n'occupaient qu'une toute petite partie, toujours la même, la table en bois usé près de la fenêtre, ignorant les hauts tabourets de cuir derrière le comptoir en marbre de Carrare. Elles parlaient de la pluie et Enzo sut qu'elles auraient pu avoir envie elles aussi de manger du chocolat en lisant au lit. Les rafales venaient taper contre la vitre, elles tenaient leur mug des deux mains, c'était bon de n'avoir rien de plus important en tête que le temps qu'il faisait, et qui était le même pour tous, sans injustice.

La cuisine sentait le pain grillé, l'enfant aimait ça autant que l'odeur des oignons frits quand il rentrait du collège et que Liouba s'était mise en cuisine pour lui. Les filles regardèrent Enzo avec une fatigue tranquille, il dit qu'il n'avait pas goûté, qu'il avait envie de tartines de Nutella, et Liouba poussa un long soupir, qui ne lui était en rien adressé, Liouba soupirait toujours quand il lui demandait quelque chose devant ses copines, elle aimait leur montrer à quel point ça ne s'arrêtait jamais quand on avait un gosse, pas une minute à elle, pas un instant de répit. Elle dit Non. Pas de goûter, on mange bientôt, recommence pas avec ça Enzo. L'enfant regarda ailleurs en se mordant les lèvres, il y avait des moments où regarder Liouba quand elle parlait pouvait la mettre de mauvaise humeur, quelque chose dans la présence d'Enzo la blessait au plus profond, et il ne fallait pas insister. Il dit Très bien très bien ok, en regardant les tomettes noires et blanches, et sortit en adressant un petit salut de la main. Il est mignon, dit une fille avec un air désolé. Oui, répondit Liouba. Et Enzo alla taper dans ses réserves. Il avait des paquets de gâteaux et de céréales sous son lit, ce que savait parfaitement Liouba, et parfois elle les jetait tous en hurlant, parfois elle les poussait contre le mur quand elle passait l'aspirateur, parfois Enzo la soupçonnait de taper dedans elle aussi, la réserve sous son lit faisait partie de ces choses dont sa mère ne savait ni comment se dépêtrer, ni ce qu'elle devait en penser. Bien sûr, c'était mal. Mais elle fermait les yeux parfois, à cause de cette fatigue qu'il y avait à éduquer sans cesse son fils, à devoir tout lui apprendre absolument tout de la vie, et elle qui avait encore « dans les vingt » n'en savait pas tant. J'ai pas réponse à tout, avouait-elle parfois avec des larmes au coin des yeux, et Enzo la prenait contre lui et disait C'est pas grave m'man, et il sentait les épaules de sa mère qui se relâchaient, elle disait C'est vrai on s'en fout après tout, et pour quelques instants elle oubliait le rôle impossible de la bonne mère. Elle avait vingt ans et des poussières. C'est tout.

Pour s'endormir, Enzo pensait souvent à ce qu'il aimait. Enzo aimait marcher le long des quais. Tous les jours, sous toutes les lumières, à toutes les heures, Paris était beau. L'enfant aimait imaginer les milliers de passants qui avaient été là avant lui, et les milliers qui seraient là après. Il leur offrait la ville, il disait Je vous la donne, je vous donne tout, l'île de la Cité, le pont des Arts, l'Académie française, et puis les péniches et les pavés, la mousse des berges, les bouchons de liège et les traces d'huile sur l'eau sale, l'abandon des saules pleureurs et les cris des mouettes, les cloches des églises, mes pas, mes grosses fesses, mes poils moches sous mon nez, mes mauvaises pensées, mes mauvaises habitudes, oh tellement de mauvaises habitudes, et puis ma mère tiens, je vous donne ma mère aussi, faites-la rire, faites-la danser elle adore ça et c'est de son âge et pour longtemps, j'aimerais qu'elle danse longtemps et qu'elle soit chez elle. Une fois. Alors il regardait tous ces immeubles, ces hôtels particuliers, ces bureaux, ces musées, et le théâtre du Châtelet, et il se demandait quand il y aurait un endroit pour sa mère. Il n'avait jamais aimé le grand appartement. Il n'avait pas aimé tous les Merci qu'il avait fallu dire pour pouvoir rentrer dedans, tous ces mots que Liouba répétait sans cesse : Oh merci c'est merveilleux mais que c'est beau pu... que c'est beau je veux dire oh oui on va être bien, hein Enzo ? Dis quelque chose, bon D... dis merci, à la fin ! Dans la vie, se disait Enzo, il y a ceux qui disent merci et ceux qui se croient généreux, mais dire merci était la vraie générosité. Dire merci était gentil, un véritable effort. Être celui à qui on doit le dire, à qui on doit tout, n'est rien, mais remercier encore et encore, parce que sans ça on est fichu, parce que sans ça on est un ingrat un salaud même pas éduqué, alors ça oui Enzo trouvait que c'était difficile. Lui, par exemple, n'avait jamais aimé le grand appartement, ça ne lui plaisait pas de dormir dans la même chambre que sa mère, comment expliquer ça ? Comment dire : Merci mais j'ai honte le soir, vous comprenez... mes mauvaises habitudes, merci, je peux pas m'en empêcher chaque soir je me jure que c'est la dernière fois, que plus jamais oh mon Dieu non plus jamais je ne recommencerai mais je recommence et ma mère... merci... quelle offense qui me pardonnera cette offense... Merci. Lui, par exemple, qui offrait Paris à tous les passants, ceux d'hier et de demain, personne ne lui disait merci et ça tombait bien, il détestait ce mot, il avait souvent envie de dire « merde » à la place, ça le faisait marrer parfois quand il imaginait ça : Oh merde, quel bel appartement vraiment merde me masturber à côté de ma mère qui dort mais merde c'est vraiment trop vous croyez pas, en tout cas merde encore, mille merdes à vous ! Et elle, quand elle rentrait de boîte de nuit le samedi soir, c'était pas mieux, les chaussures à la main, tout doucement, avec sa mauvaise haleine de mauvais cocktails elle se penchait sur lui et il l'entendait dire tout bas Il dort, et les efforts qu'il faisait pour respirer par le ventre, son gros ventre, pour rester zen et ne bouger ni les paupières ni les lèvres, et il entendait avec quelle délicatesse, quels efforts pour quelqu'un qui avait bu et dansé des heures, Liouba posait ses chaussures et prenait la couette sur son lit, allait la poser dans le grand salon cosmopolite où un type l'attendait et repartait au petit jour. L'enfant restait seul dans la chambre mais pas question d'en profiter oh non, c'était des nuits qu'il n'aimait pas, il avait toujours peur qu'on fasse du mal à sa mère, qui ne se méfiait de personne et riait de son petit rire rauque et gamin sitôt qu'on lui disait « ma belle » ou « ma jolie ». Même le fromager pouvait la faire rougir, elle semblait n'attendre que ça, un mot flatteur, elle était toujours prête à y croire, mais c'était un gouffre sans fond, il n'y en avait jamais assez, elle attendait trop de choses de trop de monde, et comment ne pas être blessée sans cesse quand l'indifférence d'un simple commerçant vous fait mal ?

Enzo aimait marcher le long des quais, près des pêcheurs qui ne pêchaient rien, et il pensait au chagrin qu'avait eu Liouba le jour où il avait fait mine de ne pas la voir dans la rue, une fois qu'il rentrait chez lui, marchant à côté de Charles, un camarade de primaire qui avait redoublé, et à qui il expliquait le rythme du collège et comment il fallait s'y prendre : C'est un peu la vie d'étudiant là-bas, jamais les mêmes horaires, huit profs différents, t'as intérêt à être hyper-organisé, je t'aiderai l'année prochaine gars, tu peux compter sur moi, je te laisserai pas tomber mon frère. Enzo savait qu'il en faisait trop et Charles aussi le savait, c'était un moment surjoué, mais pourquoi ne pas y croire, Enzo se serait damné pour défendre n'importe quel camarade contre n'importe quel moulin à vent. Et sa mère, sur le trottoir d'en face, avec son maquillage bleu, son slim panthère, ses cheveux trop blonds et son faux sac Vuitton, quelle catastrophe, comme il l'avait détestée alors ! Si seulement elle avait accepté qu'Enzo l'appelle plus souvent « maman », jamais elle ne se serait habillée avec autant de mauvais goût, si seulement elle avait compris qu'elle ne serait jamais à la hauteur des femmes du quartier, le premier arrondissement, le premier,

MAMAN ! C'est chic ! Est-ce qu'elle était aveugle ? Est-ce qu'elle fermait les yeux sous les arcades du Palais-Royal devant les boutiques Stella McCartney et Shiseido ? Elle achetait son pain et ses cigarettes rue du Faubourg-Saint-Honoré, et elle n'avait toujours rien compris, rien appris ? Elle avait traversé sans rien dire, l'offense en plein cœur, elle n'avait pas bronché, elle qui aurait pu, qui aurait eu le droit de gifler son fils, de le ramener à la maison en le tirant par l'oreille, elle avait juste relevé la tête et calé son faux sac Vuitton contre son épaule, comme on cale un fusil, et quand l'enfant était rentré, elle n'avait rien dit non plus, n'avait exprimé aucune colère, au contraire, elle lui avait souri plus que de coutume, un sourire doux et calme qu'Enzo ne lui connaissait même pas, et quand elle l'avait regardé manger, elle avait eu de ces petits hochements de tête qui semblaient approuver tout ce qu'il faisait, et l'enfant avait été mal à l'aise. Elle le regardait non pas comme s'ils avaient été à quelques centimètres l'un de l'autre, sur la petite table en bois usé de l'immense cuisine, non, elle le regardait comme un objet qu'elle aurait posé sur une étagère, un tableau qu'elle aurait cloué au mur et dont elle évaluerait l'effet esthétique. Elle était dissociée de lui. C'était la première fois. Et ça avait été pour Enzo la pire des punitions.

Oui, il fallait qu'Enzo pense à ce qu'il aimait pour s'endormir, y pense avec acharnement, comme agrippé au rebord de la nuit. Est-ce que tout le monde faisait ça ? Est-ce que la nuit était la même pour tous ? Il n'avait jamais entendu personne raconter une frayeur qui soit proche de la sienne. Ses peurs ne ressemblaient pas à celles des autres, qui étaient des peurs communes et transmissibles, certains disaient : Jamais 13 à table, je tiens ça de ma grand-mère, Mon père m'a toujours dit de me méfier des femmes rousses. Il y avait aussi des cauchemars de ruelles sombres, de trains qui ne partaient pas. La phobie des serpents ou de la foule. C'était le summum de leurs frayeurs. Personne ne semblait avoir les mêmes peurs qu'Enzo. Personne ne racontait ses nuits comme il aurait pu les raconter, et au réveil, on lui demandait s'il avait bien dormi. Il aurait préféré qu'on lui demande d'où il revenait.

Les profs disaient : Tu as laissé ta tête sur le lavabo ? On s'est levé du pied gauche ?, le genre de phrases que l'enfant avait envie de dessiner, car peut-être que si on avait montré concrètement aux profs ce qu'ils disaient, ils se seraient rendu compte que ce n'était que des conneries. Des conneries sans fioritures, sans scories, des conneries à l'état pur. Non, Enzo n'oubliait pas sa tête sur le lavabo. Enzo ne faisait ni des beaux rêves, ni des cauchemars. La nuit, Enzo avait un corps flottant, trop sensible, un esprit décuplé… Comment expliquer ça ? La nuit murmurait des choses invisibles à l'enfant, c'était comme un souffle, il le ressentait, présent et mouvant, cela avait la forme d'un petit nuage. À qui aurait-il pu dire cela : la nuit, ça souffle et ça fait peur.

Le problème n'était pas que *ça souffle*. Le problème était : pourquoi est-ce que ça fait peur ? Pourquoi est-ce que ça n'est pas rassurant, au contraire ? Cela avait commencé dans le grand appartement. Avant, l'enfant s'endormait en lisant au lit, et ses peurs étaient d'aller à l'école, de ne plus se souvenir de sa récitation, et aussi de ne pas savoir combien de temps Liouba et lui allaient rester. Il avait déménagé six fois depuis qu'il était né, changé d'école quatre fois, et souvent il se faisait penser à un escargot : gras, lent, avec sa maison sur le dos (quelques livres, des fringues, ses affaires de classe, et sa vie était bouclée). Dans une classe, il était toujours celui qui arrivait : Alors, nous avons un nouveau venu, Enzo Popov, on ne rit pas, Enzo Popov, on va le mettre... on va le mettre... bon on verra plus tard. Il était toujours « le nouveau », dans des lieux qui se ressemblaient. Les murs étaient hauts, les fenêtres petites, les instituteurs avaient « des yeux derrière la tête », et ils n'aimaient pas « qu'on fasse le malin ». Les élèves étaient liés par groupes de trois ou quatre, selon les affinités, sauf quand Enzo arrivait, ils formaient alors un seul groupe, une classe unie. Contre lui. L'enfant le comprenait : un gros qui s'appelle Enzo Popov, ça fait rire instantanément, c'est un rire comme la peur, évident et transmissible, on ne peut pas expliquer pourquoi, mais de tout temps et pour toutes les générations, un gros qui s'appelle Popov, c'est à mourir de rire.

Dans le grand appartement, Enzo dormait près de Liouba, dont le lit était si proche du sien que souvent elle lui en fichait une quand elle se retournait (et Dieu sait si elle se retournait, elle faisait des bonds, balançait ses jambes, grognait, on aurait dit une jeune girafe en cage). Elle n'entendait rien, le souffle de la nuit ne passait apparemment pas par elle, il contournait son lit pour murmurer directement à l'oreille de son fils. Peut-être que s'il avait donné des coups de pied et de poing comme sa mère, le souffle l'aurait évité lui aussi. Mais cet enfant trop gros, trop immobile, qui tentait de penser à ce qu'il aimait, était la cible idéale, quelque chose dans son aspect donnait envie de se poser, ce ventre qui dépassait du pyjama, ce cou épais, ces cuisses de porcelet, le souffle sûrement se disait : Tiens, mais je ne serais pas mal du tout sur cette île, ce bébé baleine, cette dune… Est-ce qu'on pouvait confondre Enzo avec la nature, est-ce qu'il avait l'air échappé des eaux, de quoi avait-il l'air ? De quoi est-ce que j'ai l'air ? se demandait-il souvent, et cela sans se regarder dans la glace, mais en se palpant quand il était allongé, car, pensait-il, c'est ainsi qu'il se ressemblait le plus, étalé, à terre. Et se regarder nu, face au miroir, jamais il ne le ferait, jamais il ne serait ce garçon qui en lui faisant face lui ferait honte. Enzo ne voulait pas être son ennemi. Il voulait aimer le jour, la nuit, la peur, Liouba, et lui-même si c'était possible.

Il n'y eut pas deux jours de pluie, ce week-end-là. Le samedi l'enfant se réveilla, un rayon de soleil sur la joue, comme une caresse timide. Il resta un peu au lit, attendant que ça chauffe plus, mais on était début avril et le soleil était lointain, alors il se dit : Lève-toi, mon petit, et cela le fit sourire, qui aurait pu lui dire Lève-toi, mon petit au XXIe siècle ? Pourtant, c'est comme cela qu'il aurait aimé qu'on s'adresse à lui parfois, avec cette autorité calme, aussi avait-il tout un stock de ce qu'il appelait «les ordres anciens» qu'il piochait dans les livres et s'adressait à lui-même : Allons, ne fais pas l'ingrat! Approche, mon enfant, Tu es en âge de comprendre jeune homme. Il en riait parfois, car c'était aussi tendre que ridicule.

Il y avait un courant froid dans l'appartement, et Enzo sut que Liouba faisait les vitres du salon, pour la deuxième fois de la semaine. Elle y mettait une telle ferveur, il avait toujours peur qu'elle tombe, quand il voyait son buste penché au-dehors près des hautes branches du marronnier, il pouvait comprendre cette tentation : se lancer dans les branches de l'arbre et advienne que pourra. L'enfant regardait sa mère depuis le seuil, elle portait un simple tee-shirt, lui frissonnait tant l'air du dehors était vif, mais elle était en sueur, comme toujours quand elle faisait le ménage, toujours on aurait dit que sa vie était en jeu, qu'elle se battait contre les objets, et elle transpirait comme transpire un athlète. Peut-être que sans ce combat elle n'aurait jamais trouvé la force de se lever chaque matin pour faire ses huit heures. Car elle faisait ses huit heures. Pourquoi ? Enzo lui avait demandé : Puisqu'ils ne sont pas là, pourquoi est-ce que tu fais trente-cinq heures de ménage toutes les semaines ? Il s'attendait à la réponse : Parce que je suis payée pour, ou : Je remplis mon contrat, ce genre de choses tout à fait en accord avec le sens de l'honneur de Liouba, mais elle avait ouvert les yeux avec stupeur et avait murmuré : Parce qu'ils pourraient revenir, et Enzo n'avait jamais imaginé cela. Pour lui, si sa mère avait remercié en boucle quand elle avait eu ce travail (elle disait « quand on m'a offert le poste »), c'est parce qu'elle avait trouvé la planque : elle était logée avec son fils dans un grand appartement des beaux quartiers pour faire le ménage de patrons absents. Mais la vérité, c'est qu'elle avait peur d'eux. Quand elle nettoyait la cuvette des w-c, quand elle faisait les vitres, elle avait peur d'eux. Quand elle commençait sa journée, quand elle prenait sa pause, elle avait peur d'eux. Elle ne se battait pas contre les objets, elle n'avait pas la tentation de se jeter dans les branches du marronnier, elle luttait contre un ennemi invisible qui la surveillait, toujours elle était sous le regard des maîtres de céans, à qui elle devait tout : le gîte, le couvert et la paye au noir. Elle vivait comme une femme mise sur écoute, et Enzo se demandait si cela n'était pas en rapport avec ses origines russes, ce qu'il ne lui demanderait jamais, car il était interdit de parler à Liouba de son lieu de naissance, de ses parents, il ne lui échappait jamais un mot de russe, pas même un juron, et à part son nom et son prénom, rien ne la désignait comme étrangère. Elle n'avait aucun accent. Enzo ne savait rien à la vérité, pas même qui était son propre père. Liouba le savait-elle ? À dix-sept ans on n'a pas tant d'amants, à moins... À moins qu'il ne soit pas né d'un amant. Mais cela, Enzo ne voulait même pas y penser. Il se disait que s'il était né, c'est qu'il l'avait sûrement voulu. Liouba ne lui avait jamais parlé de son père. Pas une remarque, une allusion, et ce n'était pas une absence, c'était un blanc. Enzo pensait que sa mère lui avait tout dit quand il était né, elle avait lâché la vérité au-dessus de son berceau, et c'était à lui de se remémorer l'histoire qui lui avait été soufflée à l'oreille, le secret

de sa naissance, qu'il avait gardé quelque part en lui…
mais où ? Ne sois pas impatient, que diable ! se disait-il.
Mais cela ne le faisait pas rire. Pas du tout.

Liouba faisait les vitres du salon et Enzo voulait lui
dire bonjour, ce qui n'était pas simple, car elle sursautait sans cesse, elle hurlait littéralement dès qu'on
s'adressait à elle, car *on la surprenait toujours*. Elle s'en
plaignait elle-même, elle ne supportait pas ses propres
cris, elle hurlait et aussitôt s'excusait en disant : Mais tu
le sais, tu le sais pourtant…, et ne finissait pas sa phrase.
Oui, Enzo le savait pourtant qu'il ne fallait pas s'adresser à elle avant qu'elle ne vous ait vu, mais hélas parfois
elle sursautait aussi quand elle vous voyait, et cela avant
même que vous ayez pu dire un seul mot, et l'enfant
était saisi de frayeur à son tour, car même en anticipant
le cri strident, effroyable de sa mère, il en était surpris à
chaque fois et dans ces moments-là remerciait son cœur
d'être protégé par tant de gras, car s'il avait été plus
léger sûrement son cœur se serait décroché, il l'aurait
recraché par la bouche. Mais si Liouba sursautait et
hurlait à chaque fois qu'on la surprenait, ce n'était pas
par peur que les patrons surgissent, c'était à cause de
cette concentration acharnée qu'elle mettait en toute
chose, et laver les vitres était en soi un exercice d'autohypnose. Si elle faisait monter une mayonnaise, tournait

une béchamel, son poignet s'activait, et son esprit était emporté. Ce qu'elle ignorait, c'est à quel point Enzo appréhendait de s'adresser à elle et les précautions qu'il prenait : frapper doucement à la porte, tousser un peu, la prévenir de loin avant d'entrer, tout ça n'avait jamais empêché les hurlements de Liouba, et parfois il se surprenait à dire « c'est moi » avec les deux mains en l'air. Parfois aussi, cela les faisait marrer tous les deux, sa mère riait comme si elle était passée à côté d'une catastrophe, quel soulagement, ça n'était rien encore une fois, et quand ils riaient ainsi, Enzo sentait à quel point leur différence d'âge était mince.

Liouba avait les lèvres serrées, elle passait son chiffon inlassablement sur la vitre, au même endroit exactement, alors Enzo renonça à lui parler, car comment expliquer aux flics que sa mère soit morte en tombant par la fenêtre simplement parce qu'il lui avait dit bonjour ? C'était trop compliqué pour la police française, et humiliant pour une fille jeune comme Liouba : mourir le chiffon à la main ! (Il la connaissait, elle ne l'aurait pas lâché, la peur que les patrons reviennent au moment même où elle se serait écrasée sur le trottoir et la soupçonnent de ne pas avoir fait ses heures.)

LA NUIT EN VÉRITÉ

Dans la cuisine, le petit déjeuner de Monsieur était prêt sur le plateau en argent, pas celui de Madame. Madame le prenait au lit, donc si elle rentrait, Liouba aurait bien le temps de s'y mettre. Mais Monsieur était toujours pressé et il aimait que Liouba anticipe, c'était un verbe qu'il lâchait à tout bout de champ : « anticiper », et Enzo soupçonnait sa mère de l'avoir attrapé, comme on attrape un virus. Il se prépara un petit déjeuner de samedi matin, lent et délicieux. Dehors les oiseaux se réjouissaient que la pluie ait cessé et piaillaient en désordre dans les peupliers de la cour. Tout était bien. Le samedi sa mère finissait à 10 heures et ils avaient prévu d'aller au cinéma l'après-midi, un film avec Julia Roberts sur les Champs-Élysées, une séance à laquelle Enzo était sûr de ne croiser aucun élève de sa classe. Ainsi, le week-end serait vraiment ce qu'il se promettait d'être : une trêve. L'enfant étala le Nutella sur le pain grillé et se dit qu'il avait eu raison de s'acharner à naître.

Et puis ce fut lundi. Lundi matin. Cours d'anglais à 8 heures avec monsieur Martin, que les élèves appelaient « Martine », évidemment, puis il y aurait deux heures de math avec madame Sanchez, une heure de gym avec le vieux monsieur Gilles et ainsi de suite jusqu'au soir. Avant de partir, Enzo regarda Liouba décrocher les rideaux, une petite fourmi accrochée à un tronc d'arbre, Maman pourquoi fais-tu ça, tu les as lavés il y a pas dix jours ces rideaux, va te recoucher, va prendre un bain chaud, va voir Paris, les vitrines des grands magasins et les camelots que tu aimes tant, pensait l'enfant, mais inutile de le dire, c'était un combat perdu d'avance et il ne voulait pas que sa mère croie qu'il trouvait son travail absurde, surtout qu'elle ne croie pas ça, il n'était pas loin de l'admirer au contraire.

Liouba hissait les bras, tentait de décrocher les rideaux trop hauts et trop lourds, elle tirait un petit bout de langue comme toujours en cas de concentration extrême, Enzo renonça à lui dire au revoir, il ne voulait pas qu'elle commence sa journée par avoir peur, et il sourit en pensant qu'à la corde lisse sa mère aurait été première de la classe.

Tous les matins on franchit des grilles, des portes, des tourniquets, tous les matins on va quelque part, mais qui en a envie ? Les élèves du collège semblaient en avoir envie. Ils entraient dans la cour du même pas qu'ils avaient marché dans la rue, ils ne voyaient pas la frontière, ils glissaient littéralement de la rue à la cour, de chez eux au collège, sans efforts ni appréhension. Enzo ne pensait à rien, son corps pensait pour lui, il avait des fourmis dans les cuisses et tellement mal au ventre qu'il craignait de devoir se ruer aux toilettes avant le premier cours. Les toilettes étaient ce qu'on pouvait faire de pire dans ce prestigieux collège, on les nettoyait de loin et au jet d'eau, c'était des lieux glacés et puants, pas des lieux d'aisances, pas du tout, des lieux de gêne et d'embarras, qui disaient clairement que chier au collège était une faute de goût. Mais le lundi matin il n'était pas rare qu'Enzo s'y rue et s'y soulage tout en regardant sa montre, mon Dieu combien de temps cela allait-il prendre, et son sac à dos posé par terre déjà mouillé et puant, et pas de papier évidemment, il arrachait une feuille d'un cahier et sa crotte glissait dessus, et c'était l'odeur de l'école : l'humiliation et la merde.

Enzo aimait bien le cours d'anglais. C'était une langue qu'il trouvait distinguée et polie, il aimait dire « darling », « I'm sorry so sorry », ou « shit » en faisant glisser le mot, qui devenait une chute, une reddition, tout était beau en anglais, les gros mots mincissaient sous l'effet de la prononciation, la langue contre les dents quel raffinement, l'enfant rêvait en regardant les photos dans le livre, Buckingham Palace, Hyde Park... Il le sentit dans son dos. Le signal. Le petit coup de règle qui signifiait : On est là et on t'a pas oublié. Enzo avait pris soin de s'asseoir à une table derrière laquelle il n'y avait personne, mais un élève avait changé de place apparemment et s'était assis juste derrière lui. La semaine commençait, avec le coup de règle sur la colonne vertébrale, les choses se mettaient en place, et Enzo allait devoir faire comme s'il ne se passait rien. Il devait se vider de tout sentiment, et la concentration qu'il y mettait l'empêchait de suivre le cours, et alors qu'il voulait ne fixer que monsieur Martin, debout devant le tableau des verbes irréguliers, il jeta des coups d'œil furtifs dans la classe, avec ce sourire imbécile qu'il détestait, mais c'était plus fort que lui, souvent il souriait au début des hostilités, ses lèvres se contractaient sous le coup de l'angoisse et lui donnaient l'air d'un benêt, il aurait été tellement plus malin d'afficher une moue dédaigneuse, une petite bouche anglaise pleine de shit glissants et hautains, mais il prenait l'air idiot de celui qui n'a pas compris qu'on lui veut du mal et n'est pas loin de remercier, oui ! Il reconnaissait dans son sourire mécanique le sourire de Liouba quand on lui avait « offert le poste », c'était un sourire de remercieur, un sourire de : Ça va aller vous en faites pas, un sourire de : On se comprend vous et moi, toutes ces tentatives pour être sur un pied d'égalité avec des gens qui riaient rien qu'à entendre votre nom. (Les patrons n'appelaient jamais Liouba par son prénom, Madame l'avait baptisée « Baba » parce que ça lui rappelait sa nounou, et Monsieur « Lila » parce que c'était plus joli, et tous deux enchaînaient en chœur : Et puis c'est plus facile à retenir, ce qu'Enzo trouvait idiot, trois prénoms c'est plus difficile à se remémorer qu'un seul.)

Il souriait. Les autres riaient. Par petits éclats dispersés, les épaules tombantes, ils échangeaient des coups d'œil joyeux. Pourquoi est-ce que je ne pourrais pas être heureux avec eux ? se demandait l'enfant. On rit de soi-même parfois, non ? Mais il n'y avait pas de quoi rire. Il en avait assez. Il était trop tôt, et pourtant il le savait, le lundi matin était le jour le plus cruel, ça tombait toujours sur Enzo, on ne voyait que lui, le gros en noir. C'était des garçons et des filles qui sortaient à peine de l'enfance et ils n'aimaient pas ceux qui la leur rappelaient. Enzo, avec ses joues rebondies, ses fesses aussi épaisses que s'il avait eu des couches, Enzo avec son sourire compatissant et sa gentillesse embarrassée, était tout ce qu'ils voulaient oublier, eux qui étaient en sixième, les nouveaux du collège, et avaient besoin « d'un plus petit que soi », comme dit la fable. L'enfant savait qu'il ne maigrirait jamais (Mais c'est dans ton sang maintenant, tu comprends, dans ton sang, il est bourré de sucre, le docteur l'a dit, qu'est-ce que tu peux faire puisque *ça coule à l'intérieur*? disait Liouba avec une espèce de frayeur respectueuse) et ne changerait jamais de nom. Ni de surnoms. Enzo popote. Enzo chochiotte. Enzo popo. Est-ce que ces garçons et ces filles savaient seulement où était la Russie?

Alors qu'il se retournait légèrement, cherchant malgré lui un allié dans la classe, un élève fit tomber sa trousse. Il se baissa pour la ramasser et reçut un coup dans la nuque. Monsieur Martin demanda le silence car un grand rire camouflé circulait dans la classe et l'ambiance était changée. Enzo avait mal au ventre. Ses intestins devenaient son pire ennemi, une pieuvre qui changeait en merde toute son angoisse. Monsieur Martin lui demanda de se lever pour réciter le verbe « to be» au prétérit. Le silence se fit instantanément dans la classe. Enzo n'avait aucune chance de s'en sortir, il le savait : s'il récitait sans se tromper, on le traiterait de fayot, s'il faisait une erreur, de cancre. C'est déjà fini, se dit-il. Mais au travail de la pieuvre, il sut que ça commençait au contraire. Dans la salle l'air s'était condensé, ça sentait la colle et l'haleine du matin, on ne se serait pas cru dans un collège des beaux quartiers, ça aurait pu être n'importe où dans le monde et depuis toujours : une salle de classe dans laquelle il y avait trop de monde et pas assez de passion, trop d'ennui et aucune joie. C'était le pays de l'apprentissage et de la bêtise, des satisfactions de groupe, avec ses convictions faciles, ses amitiés de caste, de jeunes adolescents à la conscience endormie, qui n'avaient pas envie de s'encombrer de remords, voulaient sortir de l'enfance et se ruer dans l'âge adulte, sans avoir flâné, sans avoir dérivé dans la marge, car la marge était le lieu effrayant entre tous, le lieu redouté et banni, de la différence.

Et Enzo se tenait devant eux, redoutant de péter, tout simplement, étant soudain réduit à cette pensée. À cette frayeur terrible. I was, you were, dit-il d'une voix si faible pour un corps si gros, et il sentait l'attention et l'impatience du groupe qui ne s'était pas encore mis d'accord sur la sanction : cancre ou fayot, et le laissait venir. Enzo était fatigué. Il enviait sa mère qui luttait toute seule contre la poussière dans l'appartement cosmopolite. Il enviait ses copines qui vendaient des chaussettes chez Tati, du maquillage à domicile et des cuisines par téléphone. Il enviait le marronnier derrière les vitres propres. Les oiseaux en désordre dans les peupliers. Les pêcheurs apathiques sur les quais. Il enviait le monde entier qui n'était pas là, qui n'était pas lui, avec ces garçons et ces filles qui ne savaient plus pourquoi ils le haïssaient, mais s'y tenaient parce que c'était la règle tout simplement. Il les voyait sans les entendre, apparemment ils riaient tous tandis que monsieur Martin lui gueulait dessus, les yeux levés au ciel, Gueule mon gars, ma petite Martine, si tu savais ce qu'ils disent de toi. You were, he was, we were, we were..., est-ce que ça n'était pas une chanson ? Nous étions. C'est ça, le sens, the meaning ! Nous étions. Nous étions dans la même classe et il y avait deux groupes : eux. Et moi. Ils étaient, eux, au pluriel, et moi au singulier. J'étais singulier et ils étaient les figurants, ils figuraient les élèves, parce qu'il fallait bien en placer, sans quoi on aurait payé les profs à rien foutre pour Enzo tout seul, Enzo tout seul...

La sonnerie fit sursauter l'enfant et le groupe éclata comme sous l'effet d'une fragmentation. Enzo rassembla ses affaires. Il était neuf heures moins cinq. C'était

l'heure du cours de math. Et alors, la chanson lui revint :
« The way we were », avec la voix de Barbra Streisand,
une voix comme une confidence. Enzo aimait les chan-
teuses. Toutes. Barbra Streisand. Maria Callas. Dalida.
Vanessa Paradis. Il aimait quand il comprenait les
paroles et aussi quand il ne les comprenait pas, quand il
sentait le frisson de la chanteuse et savait ce qu'il signifiait, et toujours il se demandait comment elle faisait
pour ne pas se laisser emporter par l'émotion, comment
Dalida n'éclatait pas en sanglots en chantant « Elle va
mourir la mamma ! », et comment la Callas pouvait aller
si haut et si loin sans oublier d'y mettre la douleur du
monde, et comment elles faisaient toutes pour chanter
avec l'orchestre, ni en avance, ni en retard, à la même
seconde exactement, c'est ça la vie, se dit l'enfant tandis
qu'il marchait dans les couloirs du collège, c'est penser à
tout sans oublier de souffrir et offrir cette souffrance, la
déposer dans le cœur des autres, pour qu'ils ne se
relèvent plus, qu'ils restent scotchés à leur siège en hurlant « une autre une autre », suppliant d'avoir mal
encore, et il arriva dans la salle 12 sans même y penser. Il
avait oublié l'heure d'avant. Il chantait. Comme une
fille. Et ça, personne ne pourrait jamais s'en moquer.
Personne ne pourrait le lui prendre. Parce que c'était
son secret.

Enzo s'était assis à côté des pêcheurs de l'île de la Cité. Il les avait salués d'un mouvement de tête et s'était posé sur une pierre. Il y avait dans l'air ces brefs courants de chaleur des premiers jours de printemps, et la réapparition soudaine des oiseaux. Ça avait été une dure journée au collège, un lundi qui avait tenu sa promesse de journée pourrie. Enzo se demandait ce qui, en lui, attirait tant d'hostilité, est-ce qu'on le fuyait par instinct, qu'est-ce qui en lui donnait envie de se venger ? Il avait demandé une fois à Charles, qui devait bien savoir ce qu'on lui reprochait puisque cela durait depuis le primaire, mais Charles avait baissé les yeux en bafouillant qu'il ne savait pas, alors Enzo avait compris qu'il savait et que ça ne devait pas être facile à dire. Il avait posé les questions : – C'est parce que je suis gros ? – Un peu. Mais c'est pas ça. – C'est mon nom ? Charles avait haussé les épaules : – Le nom... disons que ça rajoute... – La profession de ma mère ? Ma mère ? Le look de ma mère ? Le nom de ma mère ? – Oublie ta mère, avait dit Charles. Il savait donc. Enzo avait continué : – Mon visage, mes fringues, ma voix, mes bonnes notes en français, mes mauvaises notes en gym… ? Charles l'avait arrêté : – C'est ton odeur, ils disent que c'est ton odeur qu'ils ne peuvent pas supporter.

L'enfant n'avait jamais pensé à ça. Il y avait donc en lui un élément qui suscitait le dégoût, et qu'il n'avait jamais remarqué. Ce qui le constituait lui était étranger. Il avait alors cherché à savoir qui il était, des pieds à la tête, à connaître son aspect, son odeur, sa silhouette, il aurait aimé s'enregistrer et découvrir sa voix, il écoutait le bruit de ses pas, observait sa façon de marcher, de rentrer dans une pièce, d'ouvrir une porte, il essayait de manger sans bruit, de déglutir en silence, de se pincer le nez quand il éternuait, de retenir sa toux, de retenir ses pets, de maîtriser son rire, sa voix qui muait, son sourire idiot, puis il s'était mis à se renifler : les pieds bien sûr, les aisselles, le sexe, les mains, l'haleine, les plis des genoux (ça n'avait pas été facile à atteindre, mais il pensait que cela pouvait venir de ce qu'il ne voyait pas, ce qui n'était pas devant lui, mais derrière), il était devenu l'observateur d'un corps qui soudain parlait à sa place. Cela avait duré quelques semaines, et cette obsession, loin de le rapprocher de lui-même, l'en avait éloigné, la méfiance avait remplacé la spontanéité, et cela avait été une bonne leçon : pour la première fois l'enfant avait compris que s'il n'y prenait pas garde, l'ennemi viendrait de l'intérieur, et lui qui aimait tant de choses, pourquoi se détesterait-il ? Il avait eu beau se renifler de partout, il n'avait pas trouvé de quoi se détourner en sentant sa peau, et s'il dégageait une puanteur, alors il était comme ces fermiers qui supportent l'odeur du crottin, ces poissonniers qui se fichent de sentir le maquereau, il avait intégré sa senteur, et il devait se résoudre à cette tragédie : ignorer ce qu'il sentait. Il avait demandé à Liouba de changer de lessive. Il avait acheté des lingettes qu'il passait plusieurs fois par jour sous ses aisselles, il avait économisé sur son argent de poche pour un déodorant et une eau de Cologne sucrée qui avait suscité de nouvelles injures, il avait jeté le flacon avec soulagement, il détestait l'odeur de l'eau de Cologne, Liouba avait dit à ses copines : Voilà pas que mon gosse est amoureux, c'est vraiment l'âge bête, et elles avaient répondu : Ça passera tu verras, et c'était passé plus vite qu'elles ne l'espéraient. Mais Enzo, malgré la confidence arrachée à Charles, n'était pas persuadé que son odeur soit seule en cause. Il y avait plus que cela. On l'avait pris en grippe. On ne pouvait pas le sentir. Et la cause, peut-être, ne lui appartenait pas.

Des touristes se prenaient en photo sur le Pont-Neuf, et l'enfant songeait à tous ces albums dans le monde entier où une fille souriait sur le Pont-Neuf, il imaginait le Japon, l'Australie, l'Amérique, l'île de Pâques, les Bermudes, avec la photo d'une fille devant le Pont-Neuf. Et lui, assis juste en dessous. Invisible mais présent sur toutes, alors peut-être la fille dirait : Il y a une tache sur la photo. Qu'est-ce que c'est cet éclat de lumière en dessous ?, et personne ne se douterait qu'il y avait un petit gros qui regardait les gens, un petit gros qui ne connaissait pas son odeur mais aurait pu dire que les pêcheurs sentaient le caoutchouc, l'eau le pétrole, la pierre l'urine, et que le ciel ne sentait rien, et c'est peut-être pour ça qu'on devait y être bien, c'est peut-être pour ça qu'on y envoyait les morts, un monde immense qui n'en finissait jamais d'avancer, avec des planètes en expansion, des étoiles bleues, des soleils naissants, et tout ça, sans odeur. L'univers, les scientifiques l'étudiaient, construisaient des télescopes grands comme des ascenseurs, des ordinateurs plus intelligents qu'eux, mais jamais personne n'avait songé à renifler l'infini.

Enzo se dit que la fille sur la photo internationale, la fille aux yeux bridés, à la peau noire, au sourire immense, aux cheveux en pétard, la fille amoureuse, la fille en voyage de noces, la fille déçue, la fille au talon cassé, la fille ne donnerait jamais son odeur à la photo, mais tenterait peut-être un jour de percer le mystère du petit éclat au bas du cliché : Enzo l'invisible qui se tenait tout près, entre l'eau et le ciel, sur cette île de la Cité à laquelle ni les guerres ni les incendies ni les inondations n'avaient jamais ôté l'essentiel – sa forme de berceau géant, dans lequel Enzo était léger comme un môme qui ne connaît la vie que depuis une poignée d'années.

Quand il était né, Enzo lui avait déchiré le corps. Liouba avait mis six mois à s'en remettre. Il y avait au centre d'elle-même une zone incandescente, elle portait en son sein un volcan en sommeil, et jamais plus elle ne regarderait les hommes sans penser aux ravages que leurs caresses faisaient naître dans les corps sensibles. Son fils pesait 4 kilos à la naissance, elle n'en faisait pas 40. La souris a accouché d'une montagne, avait dit la sage-femme en lui montrant comment s'occuper du bébé, les gestes et la technique pour ne plus avoir peur de lui. Liouba n'avait pas peur de lui, elle était fatiguée et aurait voulu dormir cent ans, se réveiller dans un château qui se serait endormi avec elle, par respect pour sa vie ravagée. C'était l'inverse qui s'était passé. Au lieu de s'endormir tous ensemble, les gens autour s'activaient comme si une course contre la montre s'était déclenchée à peine l'enfant venu au monde. Liouba regardait son fils et voyait bien qu'il n'en demandait pas tant. Il était calme.

Attentif. Et patient. Les autres bébés braillaient, pris d'un désespoir aigu, inconsolable, et il fallait parfois deux infirmières et une puéricultrice pour venir à bout de tant de détresse. Liouba pensait que quelque chose clochait chez ces femmes-là, ces mères stupéfaites par les cris stridents qui sortaient de nourrissons gros comme des crevettes et qui tenaient sur un avant-bras. Il s'y était préparé, dit Liouba à une copine en désignant Enzo endormi au milieu du fracas, il m'a bouffée de l'intérieur et maintenant il est pépère. Les autres mômes sont désespérés. Lui, il a fait ses réserves, et je suis sûre qu'il rigole en douce.

Liouba emmenait le bébé partout avec elle. Au restaurant, dans les bars, au bowling, et même au cinéma où elle lui donnait le sein pour qu'il ne braille pas. Il vivait entre ses copines et elle, les yeux grands ouverts sur le monde enfumé d'adolescentes prises entre l'amertume d'une vie ordinaire et l'excitation face à un avenir improbable. Enzo, muet dans son berceau, leur donnait de l'assurance. Il était leur mascotte et il n'était pas rare que l'une d'elles l'emprunte quelques heures à Liouba quand elle devait se rendre à un rendez-vous avec un patron trop entreprenant, une mère hostile ou une assistante sociale revêche. Le bébé était lourd, mais l'avoir dans les bras vous « posait là », comme disaient ces filles qui attendaient que le monde les regarde, mais avec ou sans enfant contre elles, elles étaient bien trop fragiles pour intéresser une société qui rêvait d'en découdre. Très vite Enzo les encombra, elles le rendirent à Liouba, qui ne sut plus trop quoi en faire. Il s'était mis debout et se cognait partout, trébuchait, dégringolait, échappait ; d'accessoire, le bébé s'était mué en petit garçon, et ça c'était vraiment une terre inconnue. Alors avait commencé le temps de la débrouille et de l'improvisation. Liouba observait autour d'elle et apprenait par mimétisme : il y avait toute une gamme de sons et de cris chez les jeunes mères, qu'elle imitait à ravir mais pas toujours à bon escient. Quand un enfant tombait ou mangeait du sable, le cri maternel lui semblait à la fois affolé et légèrement réprobateur. Quand un enfant en mordait un autre, le cri semblait fier et mécontent. La palette était large et la différence bien mince entre l'orgueil et la colère, les mères, Liouba le voyait, revendiquaient des enfants insupportables, hurlaient contre une marmaille qu'elles adoraient et tapaient des morveux qu'elles dévoraient ensuite de baisers, ce qui la révulsait, ce geste-là, elle ne l'imitait pas. Elle ne tapait jamais son fils.

Tu es le garçon avec lequel j'ai vécu le plus longtemps, disait Liouba à Enzo. Douze ans ! Elle avait fait ça ! Elle l'avait gardé contre elle et elle lui avait tout appris, marcher, manger, parler, et elle avait paré à tout : il n'avait jamais eu faim. Il n'avait jamais eu froid. Elle avait oublié de l'inscrire à l'école à temps (elle ignorait qu'on pouvait inscrire un enfant en milieu d'année, et à l'âge d'entrer en maternelle, Enzo et elle naviguaient entre deux adresses), mais après, il avait eu ses beaux habits noirs, un sac à dos, des livres recouverts, elle lui faisait parfois réciter ses leçons et elle regardait les livrets scolaires avec une solennité qu'elle croyait impressionnante mais qui dénonçait son ignorance. Assieds-toi quand je te parle ! avait-elle commencé par dire à son fils quand il lui avait donné le bulletin du collège. Elle s'était raclé la gorge, regrettant de ne pas avoir de lunettes, regrettant ce petit geste sévère, mais sa vue était parfaite, aussi pour alourdir l'atmosphère elle avait marqué des silences pesants entre deux réflexions décalées : Enzo ! 9 sur 20 de moyenne en histoire, venant de toi, j'attendais mieux ! Tu me déçois, tu le sais ça ? Et du bout du doigt Enzo lui avait montré la colonne : 9 sur 20 c'est la moyenne de la classe, m'man, regarde, moi j'ai 11. Et elle avait souri : Je me disais aussi... Puis, un peu déstabilisée par son erreur, elle avait laissé passer du temps et avait dit tout bas : 12,73 de moyenne générale, merde, comment ils arrivent à calculer 12,73 de moyenne... C'est les ordinateurs, non ? Elle avait posé le bulletin et regardé Enzo avec une sévérité inquiète : Qu'est-ce qui t'a manqué pour atteindre les 12,74 ? Et Enzo sentait le rire de sa mère prêt à éclater, quelle mascarade ces bulletins scolaires, on pouvait les lire sans les ouvrir, les « peut mieux faire » et « attention aux bavardages », toutes ces formules qui s'adressaient à tous et à personne, oui, heureusement que l'ordinateur y mettait un peu du sien. J'ai raté le 74, m'man, mais la prochaine fois j'aurai 13 sur 20, je te le promets. Liouba mordait ses lèvres, Enzo savait à quoi elle pensait, le 74 était le numéro du bus qui allait de Clichy aux berges de la Seine, et elle murmura : Ne rate plus jamais le 74 mon fils, puis soupira d'aise parce que c'était fini. Elle pouvait signer. Elle adorait ça, signer, le nombre de fois où elle demandait à Enzo : Tu n'as rien à me faire signer ? Vraiment ? C'est bizarre… Elle aimait lire les mots des profs sur le carnet de liaison, mais ne pouvait s'empêcher de les commenter, et Enzo se retrouvait avec des « Bravo ! », « Vous m'en voyez satisfaite », à la suite des : « Pour cause de stage, madame Sanchez sera absente le lundi 25 », « Les élèves sont priés d'apporter leur bonnet de bain pour le cours de natation ». Et l'enfant avait eu beau lui répéter que cela ne se faisait pas : Tu signes et c'est tout, elle lui disait qu'il n'y comprenait rien, les profs n'étaient pas si sûrs d'eux qu'ils le laissaient paraître, il y avait beaucoup de dépressions nerveuses dans la profession et si tous les parents faisaient comme elle, Hein, Enzo, tu imagines : si tous les parents faisaient comme moi !

L'enfant savait que rien ne viendrait mettre Liouba Popov dans le rang, et elle aurait pu signer des lois, des décrets ou des armistices, jamais les autres, grands ou petits, puissants ou ordinaires, ne la considéreraient comme des leurs. Elle venait d'ailleurs. Et tôt ou tard on le lui rappellerait. Et si tous les parents faisaient comme elle, avec cette bonne volonté et toutes ces erreurs, ces contradictions et ce besoin d'être aimé, alors... on serait dans un beau pétrin, se disait-il, mais au moins on saurait à quoi s'en tenir. La vie serait un désordre annoncé dans lequel personne ne ressemblerait à personne. Et ça. Ce serait sa principale qualité.

L'appartement était grand et certaines de ses portes, fermées à clef. On ne pouvait pas, par exemple, entrer dans le bureau de Monsieur. Monsieur, qui s'appelait Farid-Michel, ne voulait pas que Liouba y fasse le ménage, il disait qu'il avait « besoin de ce bordel, vous savez Lila, enfin non vous ne savez pas, mais une maison, un appartement, c'est un peu notre cerveau, si, si, eh bien moi, j'ai besoin de mon petit coin de bordel... On pourrait appeler ça mon inconscient, vous n'aimeriez pas nettoyer mon inconscient, Lila, n'est-ce pas ? », et Liouba était furieuse, elle ne supportait pas que les patrons parlent mal, et que Farid-Michel dise « bordel » en s'adressant à elle était une humiliation. Tout ça, pour noyer le poisson. Pourquoi ne disait-il pas franchement qu'elle n'était pas assez bien pour faire la poussière de sa bibliothèque ? Car il y avait une sacrée bibliothèque là-dedans, et son fils aurait été bien heureux de pouvoir dévorer quelques-uns de ces bouquins : Alors mon petit

Enzo, disait Liouba en imitant le patron, vous n'aimeriez tout de même pas me grignoter la cervelle ? Ha, ha, ha ! Tous ces livres mon petit, je les ai dans le crâne, bordel ! Elle était furieuse et frustrée. Car il était beau, le bureau de Farid-Michel, et elle aurait aimé s'y consacrer avec ardeur, les vitres de la bibliothèque, si elle les avait lavées, le soleil de l'après-midi serait tombé pile-poil sur les auteurs américains, et les jours de pluie elle aurait ouvert la fenêtre, et dans cette odeur mouillée elle aurait astiqué le fauteuil club qui lui faisait penser aux vieux films et donnaient envie d'un alcool fort. Il y avait des photos de Farid-Michel partout dans ce bureau, et il était beau lui aussi. Les métis sont les plus classe, disait Liouba d'un air de connaisseuse, et Enzo se demandait alors, furtivement, honteusement, quelle sorte de garçons plaisaient à sa mère. Farid-Michel devait plaire à toutes les femmes, car il faisait tant de choses : du golf, de la natation, du ski, de la randonnée, des remises de diplômes, du farniente, des anniversaires, des grosses bouffes et des fêtes sur la plage : quelle femme n'aurait pas trouvé sur un de ces innombrables clichés un lien direct avec son passe-temps favori ou son idéal masculin ? Farid-Michel avait toutes les cartes en main, mais sur de nombreuses photos une femme se tenait à côté de lui et la plupart du temps elle était jolie et la plupart du temps c'était sa femme, Madame, Catherine, Cathie, Cath, etc.

Enzo aussi aurait aimé regarder les livres de Farid-Michel, qu'il n'aurait ni dérangés ni abîmés, il n'aurait lu que les titres et les auteurs, et l'inconscient de Monsieur aurait gardé son bordel intact. Les titres des romans faisaient rêver : *Le Vagabond des étoiles*, *Souvenirs de la maison des morts*, *Illusions perdues*, London, Dostoïevski, Balzac... Une bibliothèque est bien plus cosmopolite qu'un salon, se disait Enzo, elle est aussi plus difficile à ranger, et la nuit, bien plus mystérieuse qu'un tapis afghan. Les plus grands héros de la littérature endormis les uns contre les autres, leur souffle dans les livres fermés, les heures, les mois et les années d'écriture des auteurs qui s'étaient assis comme des élèves, chaque matin, le crayon à la main, le cahier raturé, les pages déchirées, le soin de Maupassant à décrire la tristesse d'une femme, la concentration de Dostoïevski pour se rappeler l'odeur exacte des bains des forçats, tous ces livres debout derrière des vitres que sa mère n'avait pas le droit de toucher, et pourtant l'enfant le savait : Liouba était digne de Balzac, de Flaubert, de Tolstoï et de Maupassant, il ne les avait pas tous lus, mais de toute façon il avait rendez-vous avec eux, et cette promesse lui gonflait le cœur, il aimait savoir qu'il était ignorant de récits qui allaient bouleverser sa vie, la changer peut-être. Qu'allait-il lui arriver quand il rencontrerait Anna Karénine ou le Grand Meaulnes ?

Sa mère aurait eu le droit de mêler sa sueur à celle des écrivains, eux aussi devaient transpirer sous les bras quand ils travaillaient à *Guerre et Paix*, ou aux *Misérables*, eux aussi étaient en autohypnose, et sûr que si leur môme débarquait pour réclamer une tartine de chocolat, ils devaient hurler de terreur et dire en se tenant le cœur des deux mains : «Mais tu le sais pourtant, tu le sais», et c'était la seule phrase qu'ils ne terminaient jamais.

Il y avait dans l'appartement ancien des pièces en trop, aussi Monsieur et Madame avaient-ils tout en double : chambre, bureau, dressing, salle de bains, chacun les siens. On n'aurait pas dit un mari et une femme mais deux siamois soulagés d'avoir leur indépendance, et Enzo savait que ça ne se passait pas comme ça chez tout le monde. Chez Charles par exemple, les parents partageaient la même chambre (dans laquelle Charles n'avait pas le droit d'entrer, jamais, même en frappant à la porte. Enzo ne l'enviait pas, ne jamais avoir vu sa mère se réveiller doit être étrange, et ne pas connaître la façon dont elle plie ses habits sur la chaise ou balance ses chaussures avec soulagement n'est pas la connaître tout à fait. Liouba sans maquillage et qui avait fini ses heures ressemblait un peu à ce qu'il s'imaginait d'elle avant sa naissance, une fille qui se couche le regard ailleurs, une brindille qui penche et s'abandonne).

Dans le grand appartement, très vieux, refait à neuf, Enzo trouvait parfois des traces d'avant : une tache de moisi sur le plafond de la salle à manger, le volet en bois gercé dans les w-c du personnel, une latte de parquet grinçante et pâle derrière la double porte du salon. Il aimait les toucher, les regarder, tout comme il aimait dans Paris imaginer le mélange d'une foule de Parisiens morts, vivants, et pas encore nés. Brouiller les cartes du temps et de l'espace était grisant et pas plus fou que de ranger les générations dans l'ordre, de penser qu'on se suivait tous à la queue leu leu avec résignation, comment croire ça alors que l'univers était engagé dans un chaos commencé depuis des milliards d'années et que lui seul menait la danse ? Si seulement Farid-Michel avait su à quel point le « bordel » dans son crâne n'était rien à côté du grand chambardement cosmique ! Est-ce que l'enfant aurait un jour l'audace de le lui dire ? Lui parler « à cœur ouvert », comme le patron le lui demandait parfois en passant son bras autour de ses épaules, d'un air de dire « on est copains », mais comment être copain avec un type qui a débaptisé votre mère ? Alors ? Ça va comment, Enzo ? Tu te plais bien ici ? L'adresse est bonne ? L'adresse est bonne et la bonne est ma mère. Enzo bloquait sa respiration pour ne pas répondre, il s'asphyxiait pour que rien ne sorte de sa bouche qui ne soit calibré ou correct, car il ne voulait pas faire honte à Liouba, il voulait donner aux patrons l'image d'un couple modèle – la mère travailleuse, le fils poli qui suivait bien en classe et qui mettrait bientôt les ordinateurs à niveau : ce serait 13, 15 ou 20, et rien d'autre dans ses bulletins, des chiffres ronds qui parlent à tout le monde. Tout va bien, répondait Enzo en balançant la tête, et doucement il se dégageait de l'emprise de Monsieur, qui mettait les deux mains dans ses poches et le regardait en réfléchissant : Tu veux l'adresse d'un bon médecin ? Non, mais un copain à moi, hein, il vous fera le tarif Sécu, sérieux Enzo, je passe un coup de fil et tu as rendez-vous demain. Enzo lâchait d'un seul coup tout l'air en rétention dans sa poitrine, sa poitrine de gros qui répondait : Je vais en parler à maman merci, et puis il partait se réfugier dans sa chambre, dans laquelle Monsieur ou Madame entrait dix fois par jour, jamais sans frapper, mais sans attendre toutefois le « Entrez » nécessaire, bien sûr ça aurait été étrange, autoriser les propriétaires à rentrer dans une pièce qui leur appartenait.

Il y avait les pièces fermées, les pièces en double et les pièces abandonnées, qu'on appelait remise, combles ou débarras. On y entassait des valises, des journaux, des matelas et des objets précieux venus du bout du monde et qui semblaient en rétention, comme des exilés sans papiers. Ces pièces-là vivaient sans personne, Liouba n'y faisait pas le ménage, les patrons y passaient furtivement, c'était des bras morts, les portes closes d'un grand couloir qui fuyait ailleurs, un ailleurs délaissé, comme laissé en suspens.

Il dort, chuchota Liouba, et elle tira sa couette, chancelant un peu sur ses hauts talons. Enzo respirait par le ventre et son cœur battait fort, un oiseau immense aux ailes repliées, c'était sourd et d'une amplitude étouffée. Liouba sentait la cendre froide et la cigarette grillée trop vite, une odeur aigre et vieille, Enzo pensa qu'elle abîmait ses cheveux, ses ongles et sa peau en fumant ainsi, et il le regretta. Elle ne prenait pas soin d'elle, c'était dommage. Il ouvrit à peine les yeux pour la regarder entre ses cils qui dessinaient de longs traits noirs entre sa mère et lui. Elle était si sérieuse, tentant d'enrouler la couette, engourdie et maladroite. L'enfant vit l'homme à ses côtés, qui la regardait sans l'aider, assistant à un rituel nouveau pour lui, il passait la main sur sa nuque, le corps légèrement déhanché, comme un qui n'a pas trouvé sa place, et comment l'aurait-il pu ? Aucun des trois n'était à l'aise. Mais c'était la soirée de Liouba, son samedi soir à elle, le seul moment de la semaine où elle osait être dans le salon sans le nettoyer. Il est beau, hein ? dit-elle, et Enzo ferma les yeux, gardant imprimés contre sa rétine les longs traits noirs, ses persiennes internes, et quand l'homme répondit : Oui il est très beau ton fils, il sut qu'il n'avait pas vingt ans. Alors les ailes de l'oiseau prisonnier lui déchirèrent la poitrine, il se retint de grimacer sous le coup de la douleur, et il commença à suer. C'est mon p'tit homme, bon on y va ? Quel besoin avait-elle de parler de lui, pourquoi ne mettait-elle pas la couette dans le salon *avant* d'aller en boîte ? Pourquoi ne venait-elle pas seule chercher la couette ? Pourquoi amenait-elle le type au pied du lit de son fils ?

Elle se cogna en sortant, dit un juron tout bas, rit un peu et le garçon rit aussi, et ils refermèrent la porte sans précaution. Enzo alluma la lumière. Passa le nez sur ses bras, ses aisselles, sa transpiration aigre ne lui déplaisait pas après tout, si familière et infaillible, sa deuxième peau. Liouba avait laissé ses chaussures près du lit, l'enfant en prit une dans sa main, une chaussure bleue, la couleur préférée de Liouba, avec des petits strass mal collés et une fine lanière en plastique. Le talon avait dévié, elle devait marcher de travers là-dessus... Ce garçon qui n'avait pas vingt ans, que venait-il chercher auprès d'elle ? Que venait-il prendre ? Pourquoi ne ramenait-elle pas un homme mûr qui aurait enroulé la couette à sa place en lui disant : « Plus jamais tu ne danseras sur des talons de travers », un homme qui aurait vu sa difficulté à danser en rythme à cause des chaussures que sa copine Caro lui avait conseillées chez Tati, et qui étaient copiées sur celles qu'Angelina Jolie portait à une soirée de bienfaisance, c'étaient des chaussures à regarder, pas à porter, ou alors comme le faisait Enzo : à la main. Mais surtout pas aux pieds.

Elle était venue. Elle l'avait présenté au type. Et maintenant il n'était plus sûr que cette visite soit anodine. Liouba transmettait un message en lui signalant qu'elle était rentrée, accompagnée d'un homme. L'enfant se leva et partit au salon. Entre la table basse du Mali et l'armoire japonaise, Liouba avait étalé sa couette. La lumière de la lune jetait des brillances dans les branches du marronnier et Enzo pensa aux sapins de Noël qui clignotent la nuit dans les salons déserts. Il savait ce que sa mère et l'inconnu faisaient, comme dans les films. Il savait pourquoi cela le bouleversait au point d'avoir envie de vomir. C'était interdit. Une frontière infranchissable, une barrière derrière laquelle la violence était admise, recherchée, et de cette violence partagée et incompréhensible, il était né. Il se bouchait les oreilles en regardant les éclats de lune dans le marronnier, sa mère était là, proche, lointaine, connue et inconnue, heureuse peut-être. Il voulait l'appeler. Avoir deux ans. Avouer sa peur. Se pisser dessus. Et il ne comprenait pas lui-même cette détresse infantile, comme si les années s'étaient effacées, celles de l'apprentissage et de la connaissance, de l'indépendance et de la réflexion. Il était plongé au cœur d'un désarroi dont il ne s'était jamais affranchi, et il voulait crier à l'aide. Il retirait les doigts de ses oreilles, les remettait, les retirait, et la vie balbutiait comme à la piscine, l'insonorité quand il avait la tête sous l'eau, alternée avec les échos métalliques quand il la sortait et dont le fracas était moins effrayant que le silence. C'était de ça qu'il avait peur : du silence de sa mère, du grand mystère qu'elle trimballait et dont il faisait partie. Il était une planète dont on n'expliquait pas l'apparition, un petit gros surgi dans une brindille qui avait besoin qu'on la maltraite le samedi soir. Il voulait que sa mère revienne et il savait qu'elle ne reviendrait pas, il savait que ce souhait déchirant était stupide, qu'il en aurait honte le lendemain matin, mais la détresse l'emportait sur la raison, et quand il entendit le cri fulgurant de Liouba, il vit surgir une épée dans la lumière du marronnier et partit en courant dans sa chambre.

Il resta au lit et le cri resta aussi, résonnant dans son crâne, imprimé et insistant. Il savait ce qu'il signifiait. Il l'avait vu dans les films et les autres disaient que les filles qui crient sont des salopes et qu'elles aiment ça. Des salopes heureuses, comment était-ce possible ? L'enfant savait d'instinct que c'était faux et pourtant ce cri ne correspondait à rien d'humain, il ne venait ni de la joie ni de la peur, et l'enfant pleurait de n'y rien comprendre, il était en colère, maintenant il avait besoin de savoir d'où il venait, de qui, pourquoi et quand, et pareil pour sa mère, et pour la mère de sa mère, il voulait des souvenirs, des explications et des photos, il voulait le roman d'une famille, il voulait qu'on lui raconte cette histoire-là pour s'endormir.

Il se coucha en chien de fusil, osa prendre son pouce dans sa bouche et se dit Dors, mon enfant, un soupir profond sortit de sa poitrine, il sécha d'un petit coup de langue une larme posée au coin de ses lèvres, il avait l'âge qu'il se donnait, et c'était bien. Il pensa à la première phrase du *Vagabond des étoiles*, il adorait les première et dernière phrases des livres qu'il recopiait dans un carnet et appelait « les dates du tombeau », le début et la fin. L'incipit du *Vagabond des étoiles* disait : « Bien souvent, au cours de mon existence, j'ai éprouvé une impression bizarre, comme si mon être se dédoublait... » La phrase était plus longue que ça... mais Enzo ne s'en souvenait plus, et c'est en la cherchant qu'il s'endormit enfin.

La nuit eut pitié de lui et retint les mauvais rêves, elle

posa sur l'enfant une main si légère et pourtant si tendre que les heures qui le menèrent au jour furent liées entre elles sans heurt ni interruption, un joli bouquet d'insouciance.

Je lui dirai : Écoute Liouba, tu es ma mère. Tu es ma mère. Et puis… Et puis ça devenait difficile. Un gouffre qui se creusait dans son ventre, un trou dans le cœur, comme si parler de son père réveillait une peine qu'il portait en lui sans le savoir, un chagrin en sommeil qui se logeait là, attendant son heure. Quand a-t-on besoin de savoir qui est son père ? se demandait Enzo. À la naissance ? À douze ans ? Quand on est père à son tour ? Quand on meurt ? Quand on est mort ? On monte vers le royaume des morts et c'est un immense rendez-vous, tout le monde est là, alors il faut absolument que je demande un indice à ma mère, sans ça, comment le reconnaître ?

Écoute Liouba, tu es ma mère et moi un jour, je vais mourir. Il n'y a pas 36 possibilités : soit je meurs avant toi et c'est une mort brutale, style accident de la circulation, noyade, somnambulisme sur le balcon, soit tu meurs avant moi, c'est ce qu'on appelle « l'ordre des choses », mais justement, il faut les tirer au clair, ces choses, et tu dois me donner un renseignement sur mon père pour que je le retrouve dans la multitude des vivants ou des morts.

L'enfant regardait par la fenêtre de la salle de classe, décidé à parler le soir même à Liouba. Il regrettait son surpoids. Regrettait de ne plus tenir sur les genoux de sa mère, de ne plus savoir comment la prendre dans ses bras. Il avait envie de toucher ses cheveux longs. Ses pommettes, parce qu'elles étaient hautes et bien dessinées. Et c'est tout. Ses mains étaient abîmées, ses lèvres toutes fines et serrées, son corps minuscule et sans forme – elle disait qu'elle l'avait allaité, Enzo pensait qu'avec le lait il lui avait pris aussi la chair, tout le sein il avait fini par le gober, il avait mangé sa mère et elle ne semblait pas lui en vouloir, simplement elle était un peu moins heureuse que les autres, ou heureuse par petits instants qui viraient souvent à l'aigre et sans prévenir. Elle aussi devait avoir un chagrin en sommeil, une peine en cage qui lui donnait parfois l'air méchant et, tout de suite après, un peu effrayé d'elle-même, et alors elle demandait pardon. C'était peut-être à ce moment-là qu'Enzo devait exiger un indice sur son père, quand elle était dans la honte de son sale caractère et qu'elle avait besoin de la clémence de son fils.

Enzo sentit la classe, tout autour de lui, une agrégation indifférenciée qui s'appelait : les autres. Les autres qui voulaient toujours la même chose au même moment, les autres qui étaient d'accord, les autres qui n'étaient jamais loin. L'enfant perçut cette vague d'intérêt pour lui, sûrement les autres s'agaçaient qu'il regarde par la fenêtre, ils voulaient le ramener à la réalité, et la réalité ça n'était pas d'apprendre de qui il était le fils, mais de partager l'ennui commun et si possible, de le distraire. Il était plus utile à la classe que n'importe qui, la bêtise des autres s'appuyait sur lui, il était la cariatide de leur désœuvrement, et il sentit le crachat dans son cou. Il le laissa couler lentement, gluant et froid, jusqu'à son dos, et il pensa que son père devait avoir l'âge de son professeur, de son proviseur, du père des autres élèves, et qui sait s'ils n'avaient pas tous le même, un seul père dans les cieux et un seul père sur terre, tout-puissant et dictant la loi commune, et alors, quelle horreur, mes frères, mes sœurs, donnez-moi la main, la grande fraternité humaine, avec le crachat qui s'étirait maintenant en un filet vers le sillon de ses fesses, mes frères, mes sœurs, si nous faisons une ronde je briserai le cercle, je ne danserai pas en rythme, je m'envolerai, par la pensée, par la fenêtre, par patience et instinct de survie, je m'échapperai. Maintenant, l'enfant avait le crachat dans le slip, et il était atteint au plus profond de son être. Il rougit d'indignation, serra les poings et balança le livre et la trousse devant lui, et le cri qu'il retenait aurait pu détruire la classe, un cri entre la solitude et la rage. Mais même en retenant ce cri, il avait perdu. Il flottait dans la salle une onde de joie puissante. En jetant à terre le livre et la trousse, l'enfant venait d'offrir aux autres une victoire simple mais espérée de longue date, qui signifiait qu'ils avaient eu raison de choisir Enzo Popov, une victime idéale, sensible et stupide au point de se faire envoyer chez le directeur, avec son crachat dans le cul, pour un peu, ils l'auraient applaudi. La cyclothymie ça se soigne, mon garçon ! avait dit le professeur, alors qu'Enzo quittait la classe. « Mon garçon ». C'était la meilleure. Finalement, se dit Enzo en longeant les couloirs, ce doit être affreux d'avoir un père. Un chef de famille. La figure de l'autorité. Celui qui peut vous assener des punitions injustes et les terminer par « mon garçon ». Celui qui vous renvoie, qui vous mate, vous note et vous évalue, « mon garçon ». Ah ! Ils n'étaient pas si mal que ça, Liouba et lui, dans leur petite chambre, un tête-à-tête incertain peut-être mais dans lequel chacun avait droit à ses mystères et à ses chagrins. Devait-il quand même lui demander qui était son père ? Ne devait-il pas lui demander d'abord qui était son grand-père, c'était sûrement plus indolore, et aussi plus logique.

Enzo frappa à la porte du bureau du directeur, qui n'avait sans doute jamais été un enfant, qui avait toujours eu la voix de celui qui dit Entrez avec une fatigue sur la défensive et une déception inévitable. Un enfant-directeur, un adulte-directeur et pour finir un retraité-directeur chez qui plus personne n'entrerait jamais et qui finirait par mourir directeur-oublié, semblable à ceux d'avant et à ceux d'après, tous ces directeurs chez qui on entrait avec crainte et qui vous donnaient une envie immédiate de sortir de l'enfance.

Enzo resta debout devant le bureau aux multiples crayons, tampons et trombones. N'osa pas parler le premier. Le directeur se frottait les yeux comme si Enzo venait de sonner l'heure de la pause, puis il demanda tout bas ce qu'il avait fait. L'enfant hésita. Le directeur avait l'air très fatigué, c'était peut-être le moment de tout lui dire, les brimades, les claques, les crachats, son sac à dos utilisé comme ballon de foot, les photos qu'on prenait de lui et qui circulaient sur Facebook, les dimanches soir rongés par l'angoisse, les peurs nocturnes, les coliques et les envies de vomir, Tu m'as entendu ? Je te demande ce que tu as fait ?

– Est-ce que je pourrais vous parler ?

Le directeur cessa de se frotter les yeux et poussa un

soupir qui signifiait « oui mais enchaîne », alors Enzo se lança :

— Je suis la tête de Turc dans cette classe, vous savez. On me… on me traite mal… Les autres me piquent mes affaires, me donnent des claques… enfin… je sais ce n'est pas bien d'être un mouchard, de venir tout vous rapporter, mais…

— Écoute, mon garçon, je sais d'où tu viens. Tu as beaucoup de chance d'être dans un collège du premier arrondissement, et si les autres testent un peu ta… différence, eh bien, je vais te donner un conseil : prends tout ça avec humour. Crois-moi, si tu prends tout ça avec humour, tu seras très vite des leurs. Allez, donne-moi le papier à signer et essaye de t'intégrer, la chance, mon garçon, ne passe jamais deux fois.

Enzo ne retourna pas en classe. Il laissa le temps s'écouler, caché dans un recoin du couloir. Ça n'était pas son poids, son nom, sa mère ou son odeur. C'était son origine sociale, qui les indignait tous. D'où il venait, Enzo l'ignorait et les autres ne le supportaient pas. C'était à eux qu'il fallait demander qui était son père, car ils avaient une conscience aiguë de la provenance de chacun et de sa place sur l'échiquier. On va te dire qui t'a posé là, mon petit Popo : c'est pas une cigogne, c'est pas une fée, c'est un… C'est un autre. Un pas pareil. Un qui t'a marqué au front. Tu ne le connais pas, mais tu lui ressembles. Nous, on lit en toi comme dans un livre ouvert. Non, ton père n'est pas le nôtre et la chance, comme dit si bien le directeur, c'est nous. Ce côté-là de la Seine, ce côté-là de la vie. Mon garçon.

Je devrais peut-être me voir avec leurs yeux pour savoir à quoi je ressemble, se disait l'enfant, sans y croire vraiment, car quelque chose clochait dans le discours du directeur. Il semblait au courant de son histoire sans qu'il ait eu besoin de la lui raconter jusqu'au bout, et très vite il l'avait interrompu. Il était le directeur d'une armée qu'il dirigeait et approuvait. Tout le monde devait savoir ce qui se passait, tout le monde devait se demander quand l'élève Popov se déciderait à s'intégrer. Le sens de l'humour…

Enzo pensa à Victor Hugo et à son enfant qui riait toujours. Et à qui, pour cela, on avait tailladé le visage. Dans sa main il y avait le mot signé du directeur. Ce soir, Liouba aussi aurait quelque chose à signer. Et elle n'en serait pas très fière. Elle ferait ses mimiques de mère épuisée et déçue. Mais lui, Enzo Popov, même s'il devait en souffrir chaque jour et ramener chaque soir des punitions et des avertissements, ne serait jamais l'Homme qui rit.

Il ne trouva pas Liouba ce soir-là, dans le grand appartement. Il marcha longtemps dans les couloirs, les pièces vides, dans un silence vaste comme l'horizon, et il ne sut pourquoi, il eut envie d'aller voir la mer. Il la connaissait par les films et les livres, mais il n'avait jamais tenu l'eau salée au creux de sa main. Il rêvait de s'allonger sur le dos, dans la mer, pour regarder le ciel. Il lui semblait que cela il pourrait le faire pendant des heures. Les autres ne parviendraient jamais à le distraire de ça, regarder le ciel, allongé dans l'eau lourde de l'océan, ce serait une autre solitude, douce et sans frayeur, il serait l'enfant des marées, un éléphant de mer, Enzo le gros, Enzo au cœur gras, qui n'aurait plus besoin de père. C'était quoi, un père ? Le père de Beethoven était alcoolique. Le père de Tchekhov un parâtre. Le père de Gorki le battait comme plâtre. Le père d'Aragon se faisait passer pour son parrain. Le père de Kafka le terrorisait. Si le père était celui qui vous donnait envie d'être

87

ailleurs, alors Enzo n'était pas orphelin. Ce désir-là, il l'avait toujours eu, et cette évasion il la trouvait dans des livres écrits par tous ceux qui avaient connu leur père d'un peu trop près.

Le soir glissait dans l'appartement. L'enfant eut l'impression qu'il tendait vers lui ses couleurs grises, comme une main. Il ouvrit la fenêtre et reçut l'air froid sur son visage, alors il se mit à pleurer doucement, sans penser à rien. Puis dans ces heures douces qui déclinaient il s'entendit sangloter comme un gros bébé sans pudeur, J'en ai marre, oh j'en ai trop marre, help help help, et les pleurs le tiraient vers le dehors, il lui semblait vomir sa peine, il était fatigué du collège, fatigué des autres, fatigué c'est tout. Les yeux fermés, il pleura à gros bouillons son découragement et cette fatigue immense qui lui donnaient envie de se coucher pour ne plus jamais se lever, ne plus jamais revoir les autres, ça n'était pas « déjà fini », il le savait, ça commençait à peine, et après la sixième il y aurait la cinquième, la quatrième, la troisième, mais ça ne pouvait pas être ça sa vie, quatre ans encore, il n'irait pas non, il n'irait pas dans ces quatre années-là, J'en ai marre, oh j'en ai trop marre, help help help, il passait sa manche sous son nez, se mouchait dans le survêtement noir si chic si moche, puis il y eut une rémission. Il rouvrit les yeux. Il ne pleurait plus. Le soir l'avait fui, lui aussi, la nuit avait pris sa place, un noir soutenu par une lumière fragile mais pure, et il faisait un peu moins froid. Il avait mal à la tête, il était idiot, la bouche ouverte, le nez bouché, et cet épuisement qui était le sien... Il referma doucement la fenêtre, comme s'il se résignait soudain, tête baissée, il aurait pu sortir à reculons, courbé, comme un valet soumis, mais pour aller où, « remplir quel office », comme disaient les livres ? Il alla s'asseoir sur son lit, car c'était le seul endroit où il avait le droit de se poser sans devoir le nettoyer après. (Liouba exigeait qu'il retape les coussins du canapé ou passe une brosse sur les dossiers des chaises quand il s'était assis dessus, car bien sûr « ils pourraient revenir », comme ils le faisaient toujours, à l'improviste, puisqu'ils étaient chez eux.)

Il avait l'air d'un vieillard, assis au bord du lit, le dos rond, le ventre proéminent, le visage rougi, il avait l'air qu'ont tous ceux qui ne savent plus où aller. Il regardait ses mains, sans y penser, la paume, le dos, les ongles rongés, et il entendit un objet tomber dans la pièce d'à côté, le débarras. Liouba devait être rentrée. Il se redressa, toussa pour chasser les petits débris de chagrin, et soupira en passant sa main dans ses cheveux, comme si mieux coiffé il avait eu l'air moins triste. Il attendit que sa mère sorte du débarras et le rejoigne, mais elle ne le fit pas. Liouba venait toujours poser son sac à main dans la chambre et mettre ses chaussons quand elle rentrait. Elle ne vint pas. Il repensa au mot du directeur, il le signerait lui-même, il s'en foutait maintenant, Liouba aurait exigé des explications et un peu de repentance, « Si tous les parents faisaient comme moi », bien sûr, bien sûr, si tous les parents faisaient le ménage dans le premier arrondissement avec des chaussures Tati et une allure de fille de l'Est... Il ne voulait pas penser ça de sa mère, se laisser contaminer par le dédain des autres. Quand cesse-t-on de croire aux poèmes de fête des Mères ? Un après-midi entier à lui écrire en lettres bâtons TU ES LA PLUS BELLE DES MAMANS. Il y croyait alors. Il voulait y croire, encore. Elle était belle à vous renverser le cœur. Maigre, mal habillée et mal chaussée, c'est sûr, mais elle ne s'en plaignait pas, faisait comme si ça lui allait à merveille toutes ces merdes à 9,99 euros dans les bacs sur les trottoirs à Barbès, et c'était ça, la véritable élégance : porter des habits moches avec le sourire. Avoir mal aux pieds et danser quand même.

L'enfant sentit son cœur se gonfler de tendresse, il sortit de la chambre pour voir sa mère. Quand il passa devant le débarras, il entendit du bruit, encore, qu'est-ce qu'elle farfouillait là-dedans, ou peut-être... les patrons étaient rentrés ! Farid-Michel rangeait ses valises, ou Catherine-Cathy-Cath suspendait ses manteaux. Ils avaient dû envoyer Liouba faire les courses pour le dîner, et elle devait filer comme une souris égarée entre les rayons, à toute vitesse, les yeux exorbités. TU ES LA PLUS BELLE DES MAMANS. Qu'est-ce qu'il devait faire ? La rejoindre, mais où ? Fromager. Supérette. Caviste. Pâtisserie. Poissonnier. Chinois. Italien. Thaï. Qu'est-ce qu'ils voulaient manger les patrons, ce soir ? « Vous n'avez pas anticipé notre retour, Lila ? C'est bien, j'ai horreur du gâchis, on revient d'Afrique, si vous saviez... » Et combien seraient-ils ? Parfois leurs amis venaient fêter leur retour et recevoir quelques cadeaux et boire longtemps et fumer des cigares énormes qu'ils éteignaient dans les plantes (« Mais si, ça fait de l'engrais, écoute ! Je connais Castro, quand même ! »). Enzo les regardait et les écoutait, il n'en perdait pas une miette, depuis la cuisine il entendait tout, il voyait ceux qui s'isolaient dans le couloir pour chuchoter, celles qui sortaient des toilettes en pleurant, ceux qui s'embrassaient sur le balcon, il voyait ce monde grouillant d'adultes qui avaient la vie avec eux, étaient toujours en mouvement, et quand ils parlaient leurs corps faisaient de grands gestes, leurs voix portaient loin, ils riaient en se tapant sur l'épaule, parfois ils s'insultaient, se fâchaient, revenaient, et n'étaient jamais mal à l'aise. Ils avaient créé un monde. Ils savaient comment s'y prendre et rien ne leur faisait peur, ils connaissaient Untel et Untel, des docteurs, des avocats et des hommes politiques, c'était un réseau de bonnes adresses et tout avait une solution. Le directeur du collège ne devait être pour eux qu'un gratte-papier minable, et après un coup de fil au cabinet du ministre, il lui en aurait fallu de l'humour pour prendre son blâme avec le sourire.

L'appartement était vide. Personne ne revenait, de nulle part. Il n'y avait ni valises dans l'entrée, ni air nouveau et parfumé, et le caddy de Liouba était dans la buanderie. C'était un silence étrange. Une couverture posée là, un grand plaid tout doux dans lequel Enzo aurait voulu se pelotonner et dormir. Il ouvrit la porte du débarras, une pièce dans laquelle il ne se souvenait pas être entré un jour et qui lui souffla un courant d'air glacé à la figure. Comment un chat avait-il pu entrer là-dedans ? La fenêtre était fermée, en partie obstruée par des piles de vieux journaux. Enzo regarda sous le lit, un lit une place avec des barreaux en fer chapeautés de boules de laiton. Dessus on avait posé des boîtes en carton, du linge, et partout dans la pièce les objets semblaient avoir été lancés par une main pressée et distraite. Tout était brouillé. Des manteaux sous plastique. Un chandelier brisé. Des fleurs séchées et des chaussures pointues. L'enfant rit et son rire le surprit : cette pièce qui rassemblait plus d'objets qu'elle ne pouvait en contenir lui faisait penser aux Marx Brothers et à la petite cabine du bateau dans laquelle tout le monde entrait en dépit des lois de la physique, et c'était drôle. On se disait Oh là là ce n'est pas possible ! Oh là là ils vont mourir étouffés là-dedans. Mais celui qui s'étouffait, c'était le spectateur hilare sur son siège, parce qu'il y croyait, bien plus que les acteurs et tous ceux qui faisaient les trucages. Il y avait dans les salles de cinéma des vieux et des tout-petits qui riaient au film des Marx Brothers, depuis des dizaines et des dizaines d'années, qui grandissaient et vieillissaient en riant au gag de la cabine du bateau, et Groucho pliait les genoux et ne se relevait jamais.

C'était drôle de penser que Groucho et ses frères étaient plus vivants que le directeur du collège. Et Enzo comprit ce que signifiait le clin d'œil énorme de Groucho à la caméra : il savait ! La bonne blague ! Il savait qu'*il serait toujours là*. Le père des Marx Brothers devait être gentil. Il avait fait coup sur coup cinq fils à sa femme et puis après il s'était arrêté, car la troupe était constituée. Tous les pères ne sont pas alcooliques et violents. Certains sont distraits. D'autres prévoyants. Ils aiment que leur nom leur survive. Ils font des garçons et constituent des troupes. Le père d'Enzo n'avait rien constitué du tout. Si ! Bien sûr que si ! Le père d'Enzo, en prenant ses jambes à son cou, avait constitué une famille solide et soudée : Liouba et Enzo Popov. Douze années de vie commune et pas une séparation. Enzo avait lu dans le dictionnaire que Popov était un physicien très connu qui s'intéressait aux orages. Et aussi un nageur, champion olympique. Tous les deux aimaient l'eau. Enzo se dit qu'il irait voir la mer, bientôt. Et peut-être saurait-il alors à quoi s'en tenir.

Pour s'endormir cette nuit-là, l'enfant s'imagina marcher tout au bord de l'eau, en équilibre le long des quais, droit, les bras écartés, le regard clair, comme un prophète. Il marchait sur un fil dans la nuit de Paris, traversant les lumières, passant sous les ponts des grands hommes et les ponts des poètes, et la statue de la Liberté ne désarmait jamais, son flambeau tendu si minuscule. Enzo avançait dans une nuit tiède, un cil de lune était posé dans le ciel, quelques oubliés étaient allongés sur les trottoirs, au-dessus des bouches du métro, dans les cabines téléphoniques, sous les distributeurs automatiques, des hommes, des femmes et des enfants à bout de force qui souriaient au passage de l'enfant, Tiens voilà le prophète Enzo Popov, fils de savant et d'athlète ! Alors Enzo quitta le rebord des quais, le cœur battant, prêt à l'aventure, et il marcha sur l'eau. Il leur offrit ce joli spectacle nocturne, et les sans-âge, sans-domicile, sans-avenir, sans-dents lui crièrent que c'était comme ça qu'il allait rejoindre la mer, en suivant la Seine, et qu'il verrait les étoiles transpercer le ciel pour le guider jusqu'à la plage quand les lumières des rues, des tours et des enseignes auraient disparu.

Il y eut un cri déchirant, et l'enfant quitta le fleuve et revint dans sa chambre. Le cri se prolongeait, un son de gorge plein de haine et de fureur. Enzo demeurait immobile et terrifié. C'était une plainte puissante, chantée avec une férocité ancienne, et on aurait dit que la nuit était tout entière contenue dans ce râle. L'enfant ne l'avait jamais entendu auparavant. Était-il allé trop loin dans ses rêves, avait-il blasphémé en marchant sur l'eau, quelqu'un se vengeait-il ? Il lui semblait maintenant que le cri mourait, vraiment. Il souffrait de se rendre et en perdant sa puissance perdait sa pureté, il ressemblait à un feu qui meurt, incandescent et féroce. Enzo était prisonnier de sa peur comme d'un corset. Il ne pouvait même pas tourner le visage vers sa mère, tendre la main vers elle ou lui demander de l'aide. Tout juste s'il pouvait avaler sa salive, respirer normalement. Il entendit marcher sur le toit et comprit qu'il avait simplement entendu des chats. On disait que la saison des amours variait en fonction de la lumière. Plus il y avait de lumière, plus les chats avaient besoin de s'accoupler. Ils se battaient la nuit pour se reproduire le jour. Au soleil.

L'enfant repensa au cri de sa mère dans le salon. À cette violence qui fait naître les enfants. Et qui perdure. Partout et tout le temps. Cette violence, comment lui échapper ? Est-ce que les chats étaient entrés dans la maison ? Il n'avait pas trouvé celui qui avait fait du bruit dans le débarras. Il ne s'expliquait ni par où il était entré, ni par où il était sorti. Le cri de combat et d'amour du chat, seul Enzo l'avait entendu, Liouba dormait d'un sommeil lointain, elle n'était plus là, où était-elle ?

Il alluma sa lampe de chevet et s'assit pour la regarder dormir. Ses cheveux blonds dessinaient des algues douces sur son visage. « Fils de savant et d'athlète. » Est-ce qu'un scientifique qui étudie l'orage pouvait aimer Liouba Popov ? Ou un type imberbe avec un maillot aérodynamique et des muscles énormes ? Elle avait quelque chose d'une sirène, son buste émergeant du drap, elle pouvait plaire à un nageur ou à un savant. Il comprenait qu'on ait envie de la soulever comme une ondine et de la garder contre soi, mais seulement quand elle dormait. Les yeux ouverts, elle était déjà moins fréquentable, elle faisait un peu peur, avec son air inquiet et vaguement courroucé. Comment faire pour l'emmener à la mer ? Comment la décider à cette folie ? L'enfant pensait que s'il la plongeait dans l'eau, sa mère retrouverait son sourire, celui qu'elle devait avoir avant qu'il ne s'incruste dans son ventre et lui gobe la poitrine. Son sourire de fille qui blague avec ses copines, danse le samedi soir et se fait les ongles en regardant la télé-réalité. Sa mère quand elle dormait lui échappait et cela le faisait souffrir. Elle disait qu'il était le garçon avec lequel elle avait le plus vécu, et Enzo ignorait combien de temps elle avait vécu avec son propre père. D'où tu viens ? lui demanda-t-il tout bas. Elle demeurait indifférente et endormie. Il se pencha vers elle, tout près, contre son oreille, et demanda encore : D'où tu viens ? Elle bougea la main et il reçut une petite claque qui ne lui était pas destinée. Puis elle se tourna, et il ne voyait plus que son épaule, aiguë, et son crâne plein de songes qu'elle gardait pour elle. Une boîte à musique fermée à clef.

Il se leva et retourna dans le débarras glacé. Il chercha le chat, encore. Il savait qu'il ne le trouverait pas plus que cet après-midi, et que peut-être même il n'y en avait jamais eu. Les chats étaient où ils devaient être : dans les rues et sur les toits. Mais il chercha encore, remuant et déplaçant ces objets qui donnaient à la pièce un air d'après apocalypse, alors il pensa que jamais dans un appartement on ne bâtissait une pièce qui ne servirait à rien. Dont on se débarrasserait. On faisait des placards. Des dressings. Des caves et des greniers. Et avant cela on faisait des chambres, des salons, des cuisines et des salles de bains. Jamais non plus on n'ouvrait une pièce pour y jeter des objets sur un lit. Car ce lit, Enzo le comprenait maintenant, était le meuble principal et il résistait au désordre dont on l'accablait. Cette pièce n'était pas un débarras. C'était une chambre. Envahie par les objets comme un terrain vague où poussent les mauvaises herbes. Mais la terre existe. Et la chambre existait. Dessous. Enzo pensa qu'on appelait les premières phrases des romans des « phrases seuils » et il sentit à quel point il n'y avait pas de mot plus juste pour décrire ce qu'il ressentait. Il était sur le seuil. D'une chambre. Qui avait existé. « Je suis un homme ridicule. Maintenant ils disent que je suis fou. » Cette phrase seuil était sa préférée. « Je suis un homme ridicule. Maintenant ils disent que je suis fou... » Et il n'avait pas besoin d'ouvrir son carnet pour s'en souvenir.

– Qu'est-ce que tu fais là ?
Liouba se tenait dans le couloir, les bras croisés sur la poitrine.
– On se pèle là-dedans, qui t'a permis d'entrer ?
– Tu es venue me chercher ? demanda l'enfant.
– Quoi ?
– Tu es venue me chercher ?
– Tu allumes en pleine nuit, tu m'as réveillée imagine-

toi. Allez file au lit, et ce débarras, t'as juste rien à y faire. Qu'est-ce qu'on caille.

Ils retournèrent se coucher. Liouba rouspéta encore un peu, elle dit qu'il avait passé l'âge de la réveiller à 3 heures du matin et qu'il était vraiment pas bien, et est-ce qu'il allait commencer à se lever la nuit pour manger, comme la plupart des obèses, non mais quel calvaire, quel calvaire. Et c'est comme ça qu'elle s'endormit. En râlant. Enzo comprit qu'elle se ferait toujours du souci pour lui. Elle se lèverait toujours pour le chercher. Ici ou ailleurs. Le jour. La nuit. Elle irait le chercher où qu'il soit. Comme font les mères que l'on retrouve aux portes des commissariats, dans les bars, les squats, les hôpitaux, les prisons, les champs déserts, les champs de guerre, les trains bondés et les places des révolutions. Elles se tiennent comme Liouba, les bras croisés sur la poitrine, se protégeant du froid et de la grande angoisse : où donc est leur petit ? Et toujours elles le retrouvent. Où qu'il soit. Mort ou vivant. Défiguré ou transfiguré. Abandonné ou glorifié. Perdu. Drogué. Affamé. Elles le retrouvent et elles le soignent, le lavent, le sauvent ou le mettent en terre, et elles pleurent de soulagement ou de désespoir, mais elles l'ont cherché et elles l'ont trouvé. Et Liouba était une mère. Plus semblable aux autres qu'elle ne le croyait. Ça n'était pas quand elle commentait son bulletin, quand elle lui refusait du Nutella ou lui achetait des vêtements noirs et chics, qu'elle était sa mère. C'est quand elle se levait la nuit pour l'engueuler et le remettre au lit. Elle me suivrait au bout du monde, se dit l'enfant avec orgueil, et pour la première fois, il sentit sa puissance.

Il commença à la regarder différemment. À la tester. Il guettait ses réactions. Les sentiments qu'il pouvait faire surgir : l'inquiétude, le chagrin, l'incompréhension aussi. Et il comprit qu'il était devant sa mère comme devant un tableau de bord. C'est lui qui était aux commandes. Cette puissance le remplissait d'orgueil et d'angoisse, il s'inquiétait de l'influence qu'il avait sur elle, mais voulait en tirer profit.

– Plus question que je m'habille en noir, m'man.

Il avait dit cela un samedi, alors qu'ils déjeunaient tous deux sur la petite table en bois usé, la fenêtre ouverte sur l'air du dehors plein de bourgeons et d'éclats de soleil qui dansaient dans les arbres de la cour. On était bientôt en mai, et chacun sentait qu'un nouveau pan de vie commençait, on était en droit d'espérer des changements, la lumière donnait de l'audace, elle passait sur la peau en légers courants parfumés.

— Le noir c'est à la mode, répondit Liouba.

— À la mode ?

— C'est indémodable, je veux dire. Tu sais que toutes les filles doivent avoir une petite robe noire dans leur placard ? Et tu sais pourquoi ? Parce que c'est chic.

— UNE petite robe noire, une seule ?

— Oui. Ça s'appelle un indispensable. Ou un… un incontournable.

— Mais moi j'ai TOUT en noir ! C'est le printemps, m'man.

— Arrête de m'appeler « m'man » à tout bout de champ, je te l'ai déjà dit.

— On est entre nous, là.

— Ouais, mais tu prends l'habitude.

— Tout le monde sait que tu es ma mère.

— C'est sûr.

— Tout le monde. Tout le monde, vraiment ! Tout le monde !

— Oh ? Tu t'arrêtes, là ?

Enzo avait décidé que ce jour-là il réglerait deux choses avec sa mère : la couleur de ses habits, et la présence du type dans la chambre quand elle venait chercher sa couette après être rentrée de boîte de nuit.

— Qu'est-ce que tu vas prendre, si tu prends pas du noir ? demanda-t-elle. Le rouge ça grossit, le blanc c'est salissant, le vert ça rend pâle, le bleu c'est pareil que le noir, c'est trop sombre, alors quoi ? Du gris ? Tu parles d'un changement !

– Du jaune, alors ?

– Enzo... je voudrais pas être méchante mais du jaune... rond comme tu es... on pensera tout de suite à un gros poussin... Te ronge pas les ongles !

Il imagina les autres. Le moindre changement les ferait réagir, il le comprit lorsque Liouba parla du poussin. Une nouvelle couleur pourrait donner lieu à de nouvelles humiliations.

– Je vais pas m'habiller en noir toute ma vie ?

Elle leva les yeux au ciel avec fatalité et poussa un soupir de découragement. Il en fut blessé et se sentit coupable d'être celui qui ne s'améliorerait jamais. Il dit très vite, d'une voix mal assurée :

– Je veux plus que tu amènes des types dans ma chambre.

Elle le regarda avec étonnement, comme s'il venait de surgir dans la pièce et qu'elle ne s'y attendait pas. Elle ne disait rien et semblait se répéter la phrase de son fils, intérieurement, pour tenter de la comprendre.

– Des types dans ta chambre ?

L'enfant faisait un effort terrible pour rester à la hauteur de son sentiment hostile, ne pas changer de ton, mais comme si elle avait senti son désarroi, Liouba se fit plus sévère :

– Dans TA chambre ?
– Je t'entends à chaque fois.
– Tu... entends... quoi ?

L'enfant était prudent. Il hésitait à tout dire car la honte le retenait. Ou la peur. La pudeur. Qu'est-ce que c'était exactement, que ce sentiment mêlé ? Il avait envie de hurler des mots en désordre, sans les choisir, sans les ordonner, il aurait pu ne pousser qu'un grand cri, mais Liouba le guettait maintenant et elle ne se contenterait pas d'un hurlement en guise d'explication.

– Tu rentres dans la chambre pour prendre la couette et...

– Et ?

Il baissa le regard, ses doigts passaient nerveusement sur le bois usé de la table, ses nervures, ses entailles, et il dit simplement :

– Et ça me fait peur.

Liouba regarda dehors, les toits de Paris qui recevaient la lumière de ce samedi prospère, plein de soleil et de promesses de jours plus gais, les vasistas ouverts, les cheminées éteintes et les tourterelles qui se poursuivaient en gloussant. Quand Enzo osa la regarder, il vit qu'elle pleurait et cela le découragea. Il ne voulait pas lui faire de peine, il voulait qu'elle le rassure. Lui explique la vie comme une mère à son fils, mais là, avec sa larme sur la joue et son regard fatigué posé sur le ciel, elle se défilait.

– Si tu crois que je t'entends pas quand tu dis « Il dort » et que tu laisses tomber tes chaussures tordues !

– Tordues ?

– Tordues. Et moches.

Il priait pour qu'elle ne le laisse pas aller plus loin, mais elle dit simplement :

– J'en ai marre.

Et elle se leva, sortit de la cuisine lentement, comme si elle était très vieille et très fatiguée, puis il entendit claquer la porte d'entrée. Elle était partie. L'enfant resta seul, avec le souffle du printemps, la lumière douce, le repas inachevé, le plateau de Monsieur qui attendait un improbable retour, et il vit les gâteaux que sa mère avait achetés : deux éclairs au chocolat (ils étaient parfois en promotion le samedi, deux pour 3 euros au lieu de 4). Elle avait acheté des gâteaux. Elle voulait lui faire cette surprise. Il l'entendait dire : Je le prends avec mon café, hein, j'ai fini ma semaine ! Et après avoir rangé la cuisine elle se faisait les ongles et se passait une crème sur ses mains qui restaient abîmées, de toute façon. L'enfant comprenait le découragement de sa mère. Il aurait été découragé à sa place. Accoucher à dix-sept ans d'un énorme bébé qui vous forcerait à nettoyer les salles de bains des autres pour nourrir son appétit insatiable, lui acheter un éclair au chocolat le samedi en espérant rencontrer le soir même un type gentil qui accepterait de s'allonger sur la couette à même le sol dans un salon hanté où des masques africains vous regardaient avec menace. Oui, il y avait de quoi en avoir marre.

Enzo lava la vaisselle, balaya la cuisine, et puis il ne sut plus quoi faire. Tout était déjà propre. Comment montrer à sa mère qu'il l'attendait ?

Comment attendre quelqu'un dans cet appartement qui n'appartenait qu'à ceux qui n'y étaient pas ? Il alla dans la chambre. Ma chambre. Ta chambre. Notre chambre. Non. Ça n'était à personne. C'était un vestiaire. On y déposait son sac à main, son sac à dos, on pliait ses habits sur une chaise, et le reste du temps on se gênait. L'enfant regarda le lit une place de sa mère, Farid-Michel et sa femme ne l'avaient pas seulement débaptisée, ils l'avaient aussi prise pour une autre : une petite fille qui dort dans un lit une place. À côté de qui ? son petit frère ? son animal de compagnie ? son boulet ? Une mère ne dort pas dans un lit une place, ça, il le savait. Elle dort seule, parfois, mais toujours dans un lit qui a deux oreillers. Il ôta les draps et les couettes de leurs deux lits, qu'il rapprocha. Il alla chercher un drap deux places dans l'armoire où Liouba rangeait le linge qu'elle repassait. Il y en avait de sacrées piles, là-dedans, et il prit le drap tout en dessous, car il comprenait que

c'était ceux qui servaient le moins, que Monsieur et
Madame avaient peut-être oubliés. Il ouvrit la fenêtre et
prépara un lit de princesse à Liouba, un grand lit deux
places dans lequel elle pourrait gigoter à son aise et invi-
ter les types du samedi, et alors peut-être qu'en voyant
cette jeune femme blonde qui avait un lit et une
chambre, ils seraient plus courtois.

Quand le lit de sa mère fut prêt, la chambre eut un
tout autre aspect, elle semblait plus vaste et plus sérieuse
aussi. Enzo en fut très fier et un peu surpris : il suffisait
de déplacer à peine un meuble pour que l'espace soit
autre, comme s'il avait des possibilités infinies auxquelles
on n'avait jamais pris garde et avec lesquelles pourtant
on pouvait jouer. Il ouvrit la porte du débarras et décida
que cela aussi, il pouvait le changer. Il commença par
dégager la fenêtre, car cette pièce avait besoin de l'air du
dehors, elle s'asphyxiait dans la poussière et le désordre.
Cela lui prit des heures pour l'agencer différemment : il
fit un coin pour les valises, un autre pour les vieux journaux, les boîtes de toutes sortes, il rangea le linge sur des
étagères à moitié vides et là aussi, le lit se mit à régner.
Enzo retourna le matelas, mit ses propres draps encore
chauds de sa présence et de son odeur, et il lui sembla
que le lit recevait cette parure comme une caresse atten-
due depuis longtemps. L'air du dehors réchauffait un

peu ce débarras qu'Enzo baptisa MA chambre, et il eut hâte que sa mère rentre et voie tous ces changements.

Il attendit longtemps. Il avait fermé toutes les fenêtres, le soir venait avec le froid, c'était surprenant de voir à quel point la chaleur était éphémère. Le jour donnait des heures pleines comme un petit œuf, douces et chaudes, mais c'était fragile et la tristesse s'infiltrait avec le crépuscule. Enzo se demandait s'il avait eu raison de préparer une chambre à Liouba, l'excitation se muait lentement en doute, puis en appréhension, et soudain, il comprit qu'en sortant de la chambre de sa mère, il quittait bien plus qu'une pièce. Il quittait l'enfance, la sirène émergeant du drap, ses rêves agités et secrets, et plus jamais, quand il allumerait sa lampe de chevet, il ne verrait Liouba endormie. Il verrait des piles de journaux et des boîtes, des habits oubliés, et c'était ça l'âge adulte : dormir seul dans un désordre à peine masqué. Dormir seul et pouvoir se masturber sans honte, cacher peut-être des magazines sous son matelas, une solitude sans fond. Il n'aimait pas tant que ça grandir. D'ailleurs, il commençait à se sentir abandonné. Elle ne revenait pas. Était-il possible qu'elle ne revienne plus ? Était-ce une habitude chez elle, elle disait « J'en ai marre » et on ne la revoyait plus, que l'on soit son père, son amant ou son fils ? « J'en ai marre » signifiait-il « Adieu » ou simplement « Je vais faire la gueule un moment » ? Elle n'était jamais partie si longtemps. Elle était à peine couverte. Enzo savait à quel point elle était fragile de la gorge, et elle devait avoir froid maintenant.

Il retourna dans sa chambre, la chambre de sa mère à présent, ils avaient déménagé et elle ne le savait pas, alors, pour qu'elle soit moins effrayée par tous ces changements quand elle rentrerait, il resta assis au bord du lit. Il aurait aimé s'y allonger et se reposer, mais ça aurait été un sacrilège, tout aurait perdu son sens. L'appartement s'emplissait de silence, l'enfant savait que le vide n'existe pas, il est plein d'énergie, son attente était pleine aussi, il y mettait beaucoup de présence et d'attention, guettant la porte d'entrée, les pas, les clefs, la voix de Liouba, son odeur de cigarette et de dehors, d'eau de Cologne et de rue. Elle était sortie sans ses clefs, et il était presque 9 heures du soir quand elle sonna à la porte. Enzo était resté immobile tout ce temps, dans une espérance animale, une patience obstinée. Il lui ouvrit et il vit qu'elle était comme lui : fatiguée et ne sachant plus pourquoi ils s'étaient disputés, ni surtout comment conclure cette querelle.

– J'ai une surprise pour toi.

Elle le regarda avec une méfiance instinctive. Il lui prit la main. Elle était glacée. Il la serra plus fort et parce qu'elle était émue, Liouba lui donna une petite bourrade en riant par le nez. Quand elle vit les deux lits rapprochés, son regard s'agrandit et elle lâcha la main de son fils. Il s'empressa de lui expliquer que c'était son lit, pour elle toute seule, un lit de maman, à deux places. Elle eut l'air encore plus méfiant si c'était possible. Alors il lui demanda de le suivre et lui montra sa chambre.

– On sera pas loin, regarde, le mur est mitoyen. On pourra même cogner dessus pour se dire bonne nuit ou bonjour.

– T'es dingo ?

Sa voix était pâle, on aurait dit que même son corps s'effaçait, elle n'était pas pleine de fureur, elle était vidée. Est-ce que son fils la provoquait ? Lui signifiait-il qu'elle était une mauvaise mère ? Qu'elle l'obligeait à vivre dans une sorte de placard ? Qu'il voulait s'éloigner d'elle coûte que coûte ? Ou bien cherchait-il à provoquer un scandale et qu'elle se fasse virer, accusée de squatter l'appartement des patrons ? Elle fixait le lit qui trônait dans le fatras, et dit simplement :

– Je suis allée chez Emmaüs. Ils ont pas ta taille, en beige.

– Je vais rester au noir, de toute façon je suis habitué.

– C'est juste pour le samedi soir ou c'est pour tous les soirs, Enzo ?

Il n'avait pas pensé à ça. Mais elle avait raison : ils ne se quitteraient que le week-end ! Elle ne s'allongerait plus jamais dans le salon, et ils dormiraient de nouveau ensemble. Il rit de bonheur et la souleva dans ses bras, c'était la première fois qu'il faisait ça, il osait la porter, il était sûr de lui et fière d'elle, elle avait réagi parfaitement à tous ces changements, sans évoquer le retour de Monsieur et Madame... Mais elle ne riait pas dans ses bras, et son élan lui parut totalement déplacé. Il la reposa et aussitôt elle partit dans sa chambre, de ce pas nouveau qui était le sien : vieux et lent. Alors il comprit que c'était une vérité profonde et dangereuse : elle en avait marre. C'est pourquoi la peur l'avait désertée. Perdre son emploi. Être fichue à la porte. Recevoir un homme sur le tapis afghan ou dans deux lits rapprochés. Elle en avait marre. Que son fils s'habille en noir, en kaki ou en arc-en-ciel, elle s'en fichait aussi.

Une fois encore la question surgit, comme si tout tenait là-dedans, que le reste n'était que fioritures et blabla : D'où tu viens ? D'où tu viens, Liouba ? Pourquoi tu peux avoir quinze ans et cent ans dans la même journée ? Pourquoi tu peux tout prendre à cœur et tout délaisser ? Pourquoi tu peux veiller sur tout et partir sans tes clefs ? Pourquoi tu peux me nourrir et m'abandonner ? M'acheter un éclair au chocolat et ne pas rire dans mes bras ? C'était une femme pleine de mélanges et il n'y comprenait rien. Il serait bien dans ce débarras pour réfléchir à tout ça et lire tranquillement. Il regarda les barreaux du lit et ses boules en laiton. Une jolie petite cage.

Ce samedi-là, Liouba n'alla pas danser. Et l'enfant ne savait pas si elle avait peur d'amener un type dans sa nouvelle chambre ou si elle ne voulait plus mettre ses chaussures tordues. Elle ne donna aucune explication, simplement elle se planta devant la télé et regarda les gens-qui-riaient-tout-le-temps. Cela faisait un étrange contraste, son air impassible face à ceux qui s'étranglaient de rire. Enzo s'assit à ses côtés sur le canapé anglais, voulant lui signifier que ce n'était pas parce qu'ils faisaient chambre à part qu'ils n'allaient plus partager de soirées télé, ils n'étaient pas fâchés. L'enfant regardait les dents parfaites des gens-qui-riaient-tout-le-temps, leurs costumes de 31 décembre, leurs yeux plissés par l'hilarité, il s'approcha pour toucher l'écran, en fut surpris lui-même et retourna aussitôt s'asseoir. Liouba le regarda comme si elle découvrait seulement sa présence et explosa d'un rire bref.

– T'es pas bien ?

– Je sais pas pourquoi j'ai fait ça. Tu crois qu'ils sont vrais ?

– Bien sûr que non.

– Ah ! Alors ça va…

Et ils continuèrent à regarder les bouches immenses et les dents parfaites, et tous deux pensaient : *ces gens-là ne sont pas vrais*. On les voyait, mais ils n'existaient pas. On les entendait, mais ils ne parlaient pas. Liouba et Enzo devinrent étrangement rêveurs, on aurait pu croire qu'ils écoutaient un poème ou regardaient un coucher de soleil, mais c'était simplement les gens-qui-riaient-tout-le-temps.

– Ça vient d'où « Popov », m'man ?

Elle ne dit rien, et seule une blague salace entrecoupée d'éclats de rire répondit à l'enfant. Il savait pourtant qu'elle avait entendu, car aussitôt elle avait reculé un peu et passé une main rapide dans ses cheveux.

– Hein ? Ça vient d'où ?

– À ton avis ? Le Groenland.

– Le Groenland ou la Sibérie ?

– Je sais pas, je connais ni l'un ni l'autre, pourquoi ça t'intéresse ?

– J'ai fait des recherches.

– Des recherches ? Des recherches sur quoi ?

– Popov c'est le nom d'un grand savant.

– Écoute Enzo, je sais pas grand-chose mais ça je le sais : je suis pas la femme du grand savant.

Elle se leva et sortit du salon. Enzo resta seul devant les dents parfaites et les blagues misogynes, puis il courut la rejoindre dans la cuisine où elle se préparait un café.

– Je me suis renseignée moi aussi, et je sais très bien ce que tu mijotes, Enzo, une belle crise d'adolescence, le pire qu'une mère puisse endurer, alors on va mettre les choses au clair tout de suite, le coup du môme qui cherche son père, son pays, ses aïeux et ses racines, très peu pour moi. Et je vais te dire pourquoi et t'as intérêt à me croire.

Elle planta son regard dans celui de son fils et il comprit qu'elle ne mentirait pas. Elle respirait avec difficulté, les narines pincées, sa poitrine se soulevait par à-coups, Elle ressemble vraiment à une mère, pensa l'enfant, et il la regardait avec intensité, ne voulant pas couper le fil car il se passait ce qu'il attendait depuis toujours : Liouba lui parlait enfin. Elle le regardait comme si elle évaluait sa capacité à recevoir ce qu'elle allait lui dire, et lui faisait de son mieux pour afficher un regard calme et prêt à tout, enfin elle dit :

– Ne me demande plus jamais de quelle famille tu viens, ne cherche pas à le savoir, parce que ma mémoire, Enzo... ma mémoire est une passoire et c'est tout.

Elle restait immobile face à lui, elle voulait être sûre qu'il avait compris et que le chapitre était clos. Enzo sentit les efforts terribles que faisait son cœur pour recevoir et propulser ces flots de sang qui couraient trop vite en lui, il voulait parler mais restait muet, Je dois avoir l'air idiot, Je suis un homme ridicule, Dis quelque chose, Je suis un homme ridicule et maintenant...

— Merci m'man.

— Je suis désolée, Enzo. J'aurais bien aimé être la femme du savant.

— Ouais. Bien sûr.

— Y a toi et moi, et c'est tout, d'accord ?

Il baissa la tête et sans y penser, comme on se cogne contre un mur, il la prit contre lui. Elle lui arrivait aux épaules et il se dit que s'il était le fils d'un Popov ce devait plutôt être le nageur, mais aussitôt il se reprit, il n'était le fils d'aucun père. Il était le fils de Liouba. Une famille avec un seul bras. Une famille un peu hémiplégique. Il eut soudain le désir violent de lui construire une petite maison, qu'elle soit chez elle, un endroit où se planter tous les deux pour commencer la généalogie.

— C'est bon, Enzo, tu me fais mal...

Il la relâcha, et tous deux restèrent gênés par tant de sincérité et de tendresse, alors elle se concentra sur son café, et il dit qu'il allait lire dans sa chambre.

— Va retaper le canapé, d'abord, dit-elle.

Et il sut que tout reprenait sa place.

Quand il entra dans sa nouvelle chambre, sa chambre du samedi soir, il éprouva un découragement plus lourd que lui. Il avait déplacé des objets, changé les draps, ouvert la fenêtre, et après ? Il avait regardé des gens irréels à la télé et appris qu'il ne venait de nulle part, que sa mère avait une mémoire aussi vide qu'un iPod tout neuf. Et il continuerait à porter des survêtements noirs, il continuerait à être gros, et dans deux jours on serait lundi matin. Est-ce que c'était possible ? Que la terre tourne autour du soleil, que le printemps soit là et que lui ne puisse rien faire bouger d'autre qu'un vieux lit à barreaux ? Le big bang retentissait encore et lui se déplaçait seulement d'une chambre trop petite à un débarras glacé ? Mais qu'est-ce qu'il faisait là, le fils de personne ? Pourquoi venait-il s'enfermer dans cette chambre placard, fouillis, bordel, pleine d'affaires qui appartenaient à d'autres, racontaient les histoires des autres, comme les livres qu'il lisait, les autres, toujours les autres, morts ou vivants, et après ? Avoir peur la nuit, avoir tout le temps faim, être un souffre-douleur, c'était trop long, tout ça. Beaucoup trop. Comment est-ce qu'une mère regarde un enfant qui ne lui rappelle rien ? Comment est-ce qu'elle choisit son prénom, quelles ressemblances elle lui trouve à cet extraterrestre, est-ce qu'elle se souvient avoir aimé un obèse ou que son père est mort d'une crise cardiaque ? À quelle femme elle pense quand elle hurle de douleur pour expulser l'énorme bébé ? Elle qui ne vient d'aucune autre femme, comment devient-elle une mère ? Et l'enfant comprit que Liouba n'y connaissait rien, voilà pourquoi son caractère était tellement étrange, elle y allait à tâtons. Je suis la première personne qu'elle rencontre, je suis plus que le garçon avec qui elle a vécu le plus longtemps, je suis le premier homme. C'est pour ça que je suis si gros, je suis une matriochka, Popov la matriochka qui porte en lui tous les autres Popov oubliés, avec leurs gènes et leur ADN, merde, qu'est-ce que je vais faire de tous ces gens ? Il ne faut pas que je pense à ça, sans quoi je vais vraiment devenir fou, déjà que je le suis un peu, je le sais. Le souffle de la nuit ne s'adresse pas aux gens sérieux, il vient visiter les crânes fracassés qui laissent passer les courants d'air.

L'enfant se coucha dans le vieux lit en fer. Derrière la cloison il entendit sa mère se coucher, comme si tous deux faisaient les mêmes gestes au même moment, sans se voir, et il savait qu'elle aussi était un peu désorientée, dans son grand lit deux places. C'était le premier samedi confortable, elle n'aurait pas mal aux pieds et elle dormirait bien. Cette pensée consola Enzo de son chagrin. Ils étaient une famille ordinaire : la chambre parentale ; la chambre d'enfant. Et entre les deux, un mur si mince, une cloison de plâtre et de fiction.

C'est au milieu de la nuit, un peu avant 4 heures du matin, qu'il entendit de nouveau les chats. Ils étaient deux, et l'un dominait l'autre : son cri était plus grave, plus mauvais, enroulé dans sa gorge comme un gargarisme profond, l'autre répondait par une plainte aiguë, on aurait pu croire à un duo de chanteurs d'opéra, un opéra, qui aurait parlé de haine et de lutte à mort. Enzo avait été réveillé dès les premiers miaulements, son cœur avait sursauté en même temps que son esprit comprenait ce qu'il se passait et qu'il ne risquait rien. Pourtant, il avait peur. Le combat des deux chats, qui crachaient et hurlaient des vocalises menaçantes, était effrayant dans ce qu'il avait d'ancien et d'immuable : on se battait ainsi depuis toujours. Rien ne viendrait domestiquer cette lutte, et les chats sauvages, les chats sacrés, ceux des cimetières ou des quartiers chics combattaient comme leurs ancêtres. La charge était la même, l'enjeu aussi. Enzo écouta avec attention, pour mettre à distance la peur et n'être que dans l'analyse du son, cette langue étrangère qui menaçait, puis cela finit aussi soudainement que ça avait surgi, et l'enfant resta éveillé dans un silence où frémissaient encore les ondes des cris des félins, comme si la nuit elle-même en avait été effrayée.

Il regarda la chambre, devinant les formes des valises et des boîtes, des objets entassés, et il eut l'impression de loger chez un brocanteur. Il pensa que les chats s'étaient battus pour se reproduire et qu'il naîtrait de leurs amours des chats aussi féroces qu'eux. Ça n'en finirait jamais. Puis lentement, son esprit s'embruma, son corps devint souple, presque disparu, et il s'endormit de nouveau. Ils revinrent. Dans son premier rêve. Les chats se montrèrent à lui. L'un était blanc, avec des poils courts et des yeux jaunes, on aurait dit un rat un peu monstrueux, l'autre était un banal chat de gouttière, une plaie profonde remplaçait l'une de ses oreilles, et le sang coulait dans son œil. Une voix disait à l'enfant de caresser ces chats, mais l'enfant ne voulait pas. La voix disait que seule une caresse les apaiserait, il fallait les dompter en les approchant, poser la main sur leur tête, très doucement. Et alors qu'Enzo refusait, pris dans une angoisse qui le compressait tout entier, les deux chats s'assirent et le regardèrent. Puis ils s'allongèrent sur le dos, et, comme il est courant dans les rêves, d'autres images, sans lien apparent, vinrent visiter Enzo. C'était des hommes cette fois-ci, qui venaient de loin, il ne les voyait pas mais il le comprenait au bruit qu'ils faisaient en marchant, comme un bruit de ferraille, leurs pas ne résonnaient pas, mais produisaient des sons de ventouse molle. Enzo devinait des silhouettes lointaines, moins précises que ne l'avaient été les chats, c'était comme une annonce, deux personnes floues qui vont émerger, et il entendit l'un d'eux pleurer doucement. Il ne le voyait pas. C'étaient les pleurs d'un homme, qui ressemblaient à ceux d'un enfant, un gémissement fin et plein de découragement, comme une fatigue qui vous met les nerfs à bout, et ces pleurs recouvrirent les bruits de ferraille, ils devinrent le songe lui-même, et Enzo s'entendit à travers l'homme : « Oh j'en ai marre j'en ai trop marre help help help. » L'homme pleurait, à travers les mots d'Enzo, et il ne le voyait pas, le rêve était devenu un son, simplement cela, et bientôt il comprit qu'il ne dormait plus. Mais il entendait toujours le sanglot. Il était là. Dans la chambre. Le sanglot d'un homme prêt à mourir de fatigue. « Oh j'en ai marre j'en ai trop marre help help help. » Enzo savait que les hallucinations auditives font partie des rêves. Les chats l'avaient effrayé au point de faire surgir ces voix. Est-ce qu'il ne devrait pas aller regarder la télévision, pour se calmer ? Faire des mots croisés ? Lire un peu ?

Il préféra ouvrir la fenêtre et regarder les étoiles. Cela le rassurait toujours de les regarder en se disant qu'il était leur enfant, fait de leur poussière, et que ce qui le constituait constituait aussi les arbres de la cour, les livres, les quais de la Seine, le Pont-Neuf et tout ce qui était beau. Je suis gros mais je suis beau. Je suis une étoile. Je suis beau. Je suis très beau. Et la nuit n'était plus ce lieu hostile qui abritait les dangers. Elle était grande. Elle était sage. Elle lui disait que c'était bien aussi de ne pas tout savoir, et que le mystère fait partie de l'univers, on n'en voit presque rien et cela n'est pas très grave, c'est juste fait pour que l'homme ait envie d'apprendre, qu'il se lève la nuit comme Enzo, pour ouvrir les fenêtres. Et pour la première fois l'enfant se demanda ce qu'il ferait plus tard. Il pensa qu'après la sixième ne viendrait pas seulement le calvaire de la cinquième, la quatrième et la troisième, mais d'autres choses, plus lointaines et meilleures. C'est alors qu'il comprit que le souffle de la nuit était tout près. Que cela faisait longtemps qu'il courait après lui, cherchant à l'atteindre, et que peut-être il devait arrêter de s'en défendre. C'est bien une chambre à soi, se dit-il. Et en se retournant pour aller se coucher il le vit. Il était assis par terre, il tenait ses genoux contre sa poitrine et son visage portait une fine cicatrice rouge qui saignait. Il regardait Enzo d'un regard suppliant et ses lèvres formaient un son muet : « Help. » Son uniforme bleu était sale. Son fusil posé à ses pieds. Il était terrorisé.

Enzo demeura immobile face au soldat blessé, puis le soldat disparut, aussi vite que disparaît une pensée. Mais la vision demeurait inscrite dans son corps, elle était aussi intacte que réelle, et l'air tremblait un peu, l'enfant pouvait le sentir. La chambre fut de nouveau plongée dans la pénombre. L'homme blessé, Enzo l'avait vu dans la lumière, de cela il était sûr. Il alluma la lampe et s'approcha du sol où il s'était assis. Il passa la main sur le parquet, et sur le mur aussi, mais il n'y avait aucun signe de présence humaine, il ne restait rien du soldat qui saignait, qu'un froid intense et si compact que l'enfant aurait pu le toucher. Il revit sa bouche tordue qui formait le mot « Help », tandis que son regard le suppliait. Mais de quoi ? Il regarda autour de lui. Les objets abandonnés. Le lit ancien. Et il comprit que de cette chambre, on avait fait un débarras pour recouvrir et oublier tout ce qui l'habitait. De cette chambre on avait voulu se défaire. Mais elle existait encore.

Il se demanda pourquoi il n'avait vu qu'un soldat. Le bruit de ferraille et les pas, il pouvait le jurer, venaient de deux hommes. Où donc était passé le deuxième ? Il se coucha, saisi par une fatigue profonde qui le fit chuter dans le sommeil aussi lourd qu'une pierre au fond de l'eau.

Il se réveilla tard, malgré le froid de sa chambre, et il passa l'après-midi chez Charles avec qui il joua des heures durant à la console. Un dimanche ordinaire, où il fut pris dans le loisir commun, le repos dominical, mais dès que le soir tomba, la peur du lundi matin s'empara de lui. Son corps l'avait intégrée, c'était devenu une peur physiologique, une appréhension ponctuelle, et bien souvent il se sentait mal et n'en comprenait la raison que plus tard, la migraine, les crampes abdominales, le cœur lourd, c'était comme une horloge interne qui lui donnait l'heure et le jour : dimanche, 18 heures. Et le compte à rebours débutait, l'enfant était pris dans le piège du temps qui le mènerait aux portes du collège, aucune résistance ne pourrait s'opposer à cela. Quels que soient ses malaises, ses prières et ses réticences, le temps marquerait 8 heures à toutes les montres et tout le monde commencerait la même semaine, le même mois de la même année. Pourtant, Enzo le savait, le temps n'était pas cette ligne droite et inflexible, parfois il passait vite, parfois il n'en finissait pas, parfois on disait « J'ai pas vu passer l'heure », et alors ? Où était-elle cette heure ? Bien sûr elle avait été inscrite sur les montres, mais si on ne regardait pas sa montre, qu'est-ce qui se passait ? Si on la niait ? Si on la snobait ? Si, au contraire, on piochait ailleurs, dans les heures de la nuit, que beaucoup ignorent ? Si on perdait la notion du temps, qui s'en vengerait ? Une heure perdue était irrattrapable, alors, pourquoi ne pas tenter de perdre celle qui ouvrait la semaine au collège ? Parce que tu es un idiot, se disait Enzo, elle s'en fout cette heure-là, le lundi a d'autres heures en réserve, qui vont suivre, te poursuivre et t'assommer, et en cinquième, en quatrième et en troisième, il y aura encore une ribambelle de lundis matin 8 heures. C'est la barrière de la semaine, faut la passer.

Le dîner du dimanche soir se traînait. Liouba avait fait des pâtes au jambon et en dessert une banane écrasée à la mandarine, comme quand Enzo était petit, elle essayait de freiner cette crise d'adolescence qu'elle voyait naître chez son fils et qui lui donnait « un caractère de chien, un air hautain et beaucoup d'ingratitude, mais ça peut dégénérer et aller encore plus loin, je me suis renseignée : fugue, drogue, alcoolisme, comportements suicidaires, certains deviennent même pyromanes ou criminels ». S'il n'avait pas été aussi angoissé par l'approche du lundi matin, Enzo en aurait ri. Il lui prenait l'envie de gratter une allumette, de jouer avec un couteau, juste pour voir comment elle prendrait la chose. Mais il n'avait pas le cœur à chahuter. Il n'avait pas faim et son pied frappait le sol en cadence.

– Tu veux que je te dise, Enzo ? Ça t'abrutit de jouer à la console, j'aime encore mieux quand tu lis. Pourquoi vous allez pas jouer aux billes sur les quais, avec Charles ?
– J'ai passé l'âge de jouer aux billes, m'man.

– Oh! Fais pas ton grand blasé avec moi, ça prend pas. T'étais plus mignon quand t'étais petit, et moins grognon crois-moi, tu t'en souviens pas, mais moi je m'en souviens, et c'est là-dessus que tu devrais me poser des questions, parce que moi *j'étais là*, tu comprends? Je me souviens peut-être pas de tout ce qu'il y avait avant, mais TOI, je te connais par cœur. Vas-y! Non mais vas-y, interroge-moi! Tu le sais même pas à quel âge tu as fait tes premières bulles, mais ricane pas, si tu crois qu'un enfant commence directement par dire «papa maman», enfin, surtout maman, tu te fous le doigt dans l'œil jusqu'au coude! Un enfant commence par faire des bulles, il bave, parfaitement, et il bouge les lèvres en même temps et ça l'épate tellement qu'il peut y passer des heures. Toi, tu y passais des heures. Donne-moi ton assiette, je vais faire la vaisselle, on sort de table.

Enzo voulut faire la vaisselle à sa place. Elle l'avait bien eu, avec ses bulles. Elle se souvenait de lui plus qu'il ne pourrait jamais le faire lui-même. Elle l'avait observé quand il ne savait pas encore qu'il avait un visage. Elle lui avait appris à marcher quand il ignorait qu'on pouvait vivre debout. Elle s'était fabriqué une nouvelle mémoire au fur et à mesure que son fils grandissait. Enzo la regardait tout en nettoyant les assiettes : elle avait ouvert la fenêtre et fumait sa cigarette du soir, elle soufflait la fumée dehors avec application, elle était bien, elle lui avait lâché ce qu'elle avait sur le cœur. Aujourd'hui elle étudiait les tourments de l'adolescence comme elle avait dû étudier l'âge auquel on passe du lait aux légumes, des couches au pot, et du berceau au lit à barreaux.

– M'man ? Tu crois qu'ils vont revenir ?
– Les patrons ?
– Oui.
– Bien sûr qu'ils vont revenir, sans ça pourquoi on est ici ?
– Ça fait longtemps qu'on les a pas vus. Ils sont peut-être morts.
– S'ils étaient morts, un notaire nous aurait déjà fichus à la porte. Non, ils vont revenir et plus vite que tu ne le penses.
– Qu'est-ce qui te fait dire ça ?
– Rien. Je le sens, c'est tout. Le printemps, peut-être... Ils ont un côté migrateur ces gens-là, ils vont revenir avec le soleil.
Il s'assit face à elle, son torchon à la main.
– Tu sais, il paraît qu'on peut modifier le temps.
– Qu'est-ce que ça veut dire ?
– Je l'ai lu. C'est scientifique. Une seconde n'est pas partout une seconde.

Elle lui passa la main dans les cheveux, avec une tendresse désolée.

— Avec tout ce que t'as dans le crâne, pourquoi tu ramènes pas de meilleurs bulletins ?

— Plus on se rapproche du centre de la terre, plus les horloges ralentissent. Mais j'aimerais pas ça, moi je voudrais au contraire que ça aille plus vite.

— Fais pas celui qu'a pas entendu : pourquoi tu as pas de meilleures notes ? Tu le sais pourtant, que ça me ferait plaisir, je mérite bien ça, non ?

— Oui. Tu mérites bien ça.

Elle écrasa sa cigarette, referma la fenêtre d'un coup sec et ajouta :

— Alors, fais-le.

Et elle sortit de la cuisine avec un air autoritaire qu'il ne lui connaissait pas. On aurait dit une pimbêche. Pourtant, il la comprenait. Il resta assis, son torchon à la main, dans cette odeur de cigarette, et il se dit que c'était cela qu'il fallait faire : abolir le temps ancien, celui de la peur et des mauvaises notes. Demain, à 8 heures du matin, il serait le meilleur élève de la classe, et à 9 heures aussi, et à 10 heures aussi et... et le cours de gym ? Le cours de gym, non, il n'y arriverait pas. Il posa sa main sur sa poitrine et parla tout bas à son cœur, lui demandant pourquoi il ne suivait pas, pourquoi il pesait en lui comme du plomb, qu'est-ce qu'il fallait faire pour que ce muscle s'accorde au rythme de ses pensées, qui allaient si vite, qui pouvaient l'emmener si loin ? Son cœur ressemblait à une grenade non dégoupillée, alors que lui voulait exploser et vivre vite et fort, unir son énergie à la lumière et ramener des bulletins qui feraient rougir sa mère de plaisir, la petite Liouba Popov qui depuis douze ans suivait un stage de « bonne mère », une formation à domicile de jour comme de nuit.

Il était 21 heures. Il restait onze heures avant de se retrouver devant les grilles du collège, et de ces onze heures, il ne ferait rien. Il dormirait et elles le mèneraient en cours, car elles étaient des messagères précises et butées. Quoi qu'il fasse, quoi qu'il pense, demain Enzo retournerait en classe. Et il n'y avait aucun moyen d'échapper à cet enfer.

Tout était étrangement calme. Sur le chemin du collège, Enzo ne croisa aucun élève de sa classe. Dans la cour non plus. Est-ce que monsieur Martin était absent ? Quand un professeur était absent, les autres étaient au courant, mais on oubliait en général de prévenir Enzo. Ce matin-là, l'enfant voyait les élèves des autres classes, mais il ne les entendait pas, rien ne lui parvenait de ce qu'ils se disaient, la cour n'était plus ce lieu qui résonnait, elle était lointaine et un peu irréelle. Il se demanda s'il rêvait encore. Ou peut-être qu'il avait voulu si fort que le collège disparaisse, qu'il avait influencé le temps, il avait grandi plus vite que les autres et les avait laissés là, dans leur enfance laborieuse, leur collège sans arbres. Il passa la main sur ses joues, mais elles étaient imberbes. Il regarda ses mains, elles n'avaient pas vieilli non plus, elles étaient toujours potelées comme celles d'un baigneur. Il transpirait plus que de coutume. Il sentit sans se renifler son odeur aigre et salée. La sonnerie retentit, enrouée et faible. Il sut que c'était une nouvelle manifestation de l'angoisse : il entendait mal, il était refermé sur lui-même, comme s'il avait implosé. Ses oreilles étaient bouchées. C'était une sensation pénible. Il essaya de les déboucher avec le doigt, mais cela ne changeait rien, il restait à moitié sourd.

Il arriva dans la classe de monsieur Martin quand les autres s'asseyaient, et il put choisir une place au fond. La meilleure stratégiquement. Personne ne regarderait ce qu'il ne voyait pas, la partie de lui-même qui lui échappait : son dos. Personne ne l'attaquerait par là. Il entendait et comprenait ce que disait monsieur Martin, mais il lui semblait que le professeur parlait à travers un bâillon. Le raclement des chaises sur le sol, le bruit de la craie sur le tableau, tout était enveloppé d'un voile épais, tout était entravé. Quand les élèves ricanaient à une blague idiote du professeur, leurs rires étaient pris dans la brume et cela donnait à leur joie un souffle malade, comme si leur respiration s'amenuisait et qu'ils étaient près de mourir. « C'est déjà fini. » Cette fois-ci le constat était juste. Enzo n'aurait pas été surpris qu'un tsunami emporte la classe, qu'un ouragan balaye tout, car c'était une catastrophe annoncée et le monde était sur le point de disparaître.

– Vous ne vous sentez pas bien, Popov ? Are you sick ?

Enzo fut surpris qu'un professeur en train de mourir prenne le temps de s'intéresser à lui, et il fit l'effort de lui répondre :

– I am... I am ok...

Et les autres, tous tournés vers lui isolé au fond de la classe, les autres à moitié tordus, grimaçaient en le regardant, pris entre la fatigue et l'amertume. C'est une classe qui grince, pensa l'enfant. Et déjà les autres s'étaient détournés de lui, il ne les intéressait plus. Il transpirait abondamment, de ses aisselles il sentait les gouttes descendre le long de son avant-bras. Il lui semblait que le cours était plus long que d'habitude, comme si tout n'était pas seulement assourdi, mais ralenti. Le collège s'effondrait sur lui-même et dilatait le temps. Ou bien il était mort, et tous les autres étaient vivants. Il les regardait du fond de la classe, car il n'était pas convié, il flottait au-dessus de son corps, il entendait et voyait tout, comme une personne sur la table d'opération à qui on crie, dans les séries américaines : « Revenez ! Revenez monsieur Popov ! Popov, Popov ! Restez avec nous, je vous en supplie ! » Et après, monsieur Martin, ou un très beau docteur, dirait à Liouba : « Je suis désolé », « I am sorry » en version originale.

– Vous vous fichez de moi, Popov ?

Enzo regarda le professeur, et il comprit qu'il n'était pas mort. C'était moins simple. Il était vivant, parmi les autres. Sourd, transpirant et délirant, parmi les autres.

– I am... I am sorry, mister Martin...

– Décidément, mon garçon, il faudra songer à enrichir votre vocabulaire, apportez-moi votre carnet de liaison, je vais mettre un mot à votre mère.

Enzo se pencha pour prendre le carnet de liaison dans son sac à dos, et aussitôt un flot de sang envahit son crâne, comme si en se penchant il avait fait verser tout le liquide d'un seul côté. C'était extrêmement douloureux et quand il se leva il lui sembla au contraire que son sang le quittait, et ce grand vide le fit tanguer. Monsieur Martin prit le carnet en hochant la tête de désespoir, et avant de poser son stylo sur la page il demanda :

– Elle lit le français ?

Enzo regarda le professeur sans comprendre. Il avait peur d'avoir mal entendu, avec ses oreilles bouchées et ses vertiges, il inversait peut-être les mots. Il se tourna vers les autres : si le professeur avait réellement posé cette question, Enzo le saurait rien qu'à leurs visages hilares. Mais ce qu'il vit en regardant la classe fut une trentaine de garçons et de filles attentifs et sérieux. Le professeur, lui, perdait patience :

– Alors ? Elle lit le français oui ou non ?

– Qui ? demanda l'enfant, et il se tourna de nouveau vers la classe.

Mais c'était toujours la même armée d'élèves attentifs et sérieux.

– Votre mère.

– Je... je pense... Oui.

– Vous êtes sûr ? De toute façon je suis bien obligé de vous croire, vous ne me laissez pas le choix.

Tandis que monsieur Martin inscrivait un mot à l'encre rouge, signe de sa très grande colère, l'enfant sentit qu'il ne divertissait plus personne. Les autres étaient comme un mur entre lui et le monde. Aujourd'hui on lui demandait si sa mère savait lire le français, demain peut-être on lui demanderait si elle avait ses papiers. Ils avaient été patients avec les Popov, mais Enzo, ainsi que l'avait dit le directeur, n'avait fait aucun effort pour s'intégrer, n'avait eu aucun sens de l'humour, et maintenant, leur patience était à bout.

L'enfant retourna s'asseoir, dans un silence qui ne devait rien à ses oreilles bouchées. C'était un silence solennel. Il était tranquille, posé là avec une sérénité effrayante. Enzo aurait préféré qu'on le bouscule quand il marchait dans les travées, qu'on lui tire son pantalon, lui crache dans le dos, tout ce à quoi il était habitué. Mais il traversait la classe comme on traverse une église. Une cérémonie se préparait. Et elle ne lui disait rien qui vaille. Il rejoignit sa place, portant son carnet de liaison comme un objet sacré, empli d'une honte qui ne s'effacerait jamais. Il était moins que rien. Il était un gros minable. Ce lundi matin au cours d'anglais, sa mère avait été insultée et il ne l'avait pas défendue. « Tu es le garçon avec lequel j'ai vécu le plus longtemps », « Y a toi et moi et c'est tout, d'accord ? ». Mais son fils était lâche et pleutre, sournois, puant, sourd, insomniaque, à moitié obèse et totalement inutile. Où étaient donc passées les étoiles ? Soi-disant qu'elles brillent aussi en plein jour, mais moi je ne les vois pas, c'est la nuit que tout s'éclaire, c'est la nuit que je voudrais vivre, pensa Enzo, la nuit je comprends tout. Où sont les étoiles et la lune, et les savants planqués derrière leurs télescopes sont-ils tous d'anciens élèves malheureux ? Ils n'avaient pas l'air très heureux non plus, tous ces garçons et ces filles qui se détournaient de lui, et l'enfant se demanda d'où ils venaient, comment c'était chez eux, est-ce que leurs généalogies ressemblaient à leurs journées : pleines d'ennui et sans imprévu, avec des ennemis désignés, des têtes de Turc qui les consolaient de vivre ? Ses mains moites caressaient le carnet fermé dans lequel le mot à l'encre rouge disait à Liouba qu'il n'y avait pas de quoi être fière. La veille elle avait enjoint à son fils de lui rapporter un bulletin brillant, et c'était fichu. La veille elle croyait en lui.

Le cours était fini. Enzo mit le carnet de liaison dans son sac à dos, et en se faufilant parmi les élèves qui sortaient et ceux qui entraient, il franchit les grilles et

quitta le collège. Il savait qu'il aggravait son cas. Il faisait
exactement ce qu'il ne fallait pas faire. Mais rien ne pouvait être pire que d'avoir laissé sa mère se faire insulter
publiquement, et il pouvait bien faire l'école buisson-
nière. Paris était beau. C'était le printemps. La vie était
de ce côté-là.

Assis tout au bout de l'île, il se demandait quand il
aurait le courage de lire le mot du professeur. Et aussi
quand le collège avertirait Liouba de son absence. En
général ils avisaient par mail, ce que Liouba ignorait, et
Enzo n'avait aucun mal à les effacer avant qu'elle ne les ait
lus. Parfois aussi le principal téléphonait, mais Liouba ne
répondait jamais au téléphone et sur le répondeur le
nom des Popov n'était pas mentionné. « Bonjour, hello,
vous être bien chez Catherine et Farid-Michel, please
leave a message after the tone. » International le message,
comme le salon n'est-ce pas, et les patrons revenaient
toujours « jetlagués mon petit Enzo, tu n'imagines pas,
devine l'heure qu'il est à Tokyo, allez ! Dis-moi l'heure
qu'il est à Tokyo ! ». Je m'en fous moi, de l'heure qu'il est
chez les autres. Chez moi il est toujours 8 heures du
matin, et c'est un enfer je vous dis. Plus tard je travaillerai
de nuit, et 8 heures sera l'heure que je ne verrai jamais. Je
laisserai les autres dans les embouteillages, les salles de
classe et les gares, avec des horloges au garde-à-vous qui

hurleront : HUIT HEURES ! Et tous les autres seront aux ordres, rampants et ponctuels, tandis que moi au fond d'un lit deux places, les volets fermés et le téléphone débranché, je dormirai. Comme un Japonais.

Enzo ouvrit le carnet. Monsieur Martin avait écrit : « Enzo fait le pitre en classe, ce qui ne fait rire personne et perturbe tout le monde. » Le pitre ? Je n'y comprends rien, se dit l'enfant, peut-être que je deviens réellement fou, comme un personnage de Dostoïevski, je me suis décalé, j'ai fait un pas de côté sans m'en rendre compte et je ne marche plus du tout en rythme. Il était incapable de saisir en quoi son comportement, au fond de la classe, avait pu perturber trente filles et garçons. Il signa à la place de Liouba, sans hésitation, « Elle lit et elle signe, cher monsieur Martin ! Et je ne crois pas qu'elle connaisse un seul mot de russe, si c'est ça qui vous inquiète ». Ce carnet de liaison, si important aujourd'hui, ce cordon qui le reliait au collège, cesserait d'avoir la moindre importance dès que l'année scolaire prendrait fin, il lui sembla qu'il était déjà périmé et il eut un peu de peine que ce cahier soit ce qui le reliait au monde, il serait finalement un de ses rares souvenirs, plus tard, il dirait à son fils : Alors comme tu peux le voir mon enfant, j'ai suivi ma scolarité dans le premier arrondissement, un collège prestigieux, et j'avais envie de mourir. Qu'est-ce que je raconte ? Je n'ai pas envie de mourir. J'ai envie de vivre ailleurs, c'est tout.

Enzo bascula un peu en arrière, posa sa tête sur son sac à dos et regarda le ciel. Il pensa à la mort, qui ne l'attirait pas, et à la vie, dans laquelle il ne savait où se mettre. Le ciel était pâle, traversé de petits nuages légers et effilés. Il y avait des sillons d'avions qui parfois se croisaient, des hommes et des femmes qui quittaient Paris ou y entraient, avec une légère migraine et des ordinateurs qui contenaient toute leur vie, comme disait le patron. Plus Enzo regardait le ciel, plus le ciel semblait s'approcher, comme s'il descendait sur terre, et l'enfant trouva merveilleux d'être au bord du monde et de ne pas tomber. Merveilleux de ne rien voir d'autre que ce ciel que l'on recevait en pleine face dès qu'on s'allongeait sur le sol. C'était le ciel que regardaient les amoureux couchés dans l'herbe, les enfants dans leur poussette, les soldats blessés, et derrière lui il y avait le mystère d'autres soleils, des galaxies innombrables et inconnues, alors Enzo fut consolé du mot de monsieur Martin. Il avait bien fait de venir ici, au bout de l'île de la Cité, respirer l'air pur. Il pouvait y retourner maintenant, dans le prestigieux collège. Il arriverait à temps pour l'heure de gym. Il passerait avant à l'infirmerie, ferait croire à un malaise qui l'avait empêché d'aller en cours de math, parce qu'il n'avait pas mangé le matin, oui oui, sûrement un peu d'hypoglycémie, un morceau de sucre, merci (comme si je n'en avais déjà pas assez dans le sang, *ça coule à l'intérieur*, figurez-vous), oui, oui, je me sens d'aller en cours de gym, vous me faites un mot, parfait. Tout est en règle, la journée peut continuer...

On ne lui demanda rien. Il donna le mot de l'infirmière au prof de gym, et tout marcha comme prévu, sa fugue passa totalement inaperçue. Les autres ne lui demandèrent pas d'où il venait, leurs regards passaient sur lui comme s'il n'avait pas été là, une sorte de transparence. Enzo pourtant percevait un coup d'œil en coin, un sourire amer, un bref conciliabule dans son dos, c'était comme une partition muette mais accordée, à la tonalité grave. Le professeur ne lui demanda pas de monter à la corde lisse, ni de sauter par-dessus le cheval d'arçons, sûrement à cause du mot de l'infirmière qui signalait « un épisode d'hypoglycémie chez un sujet obèse ». Elle n'y connaissait rien, Enzo n'était pas obèse, il était en *surpoids*, mais maintenant que le mot était lâché, on ne pourrait pas le rattraper. Alors l'enfant regarda les autres monter à la corde lisse avec leurs baskets Nike et le chronomètre en marche, avec des insultes amicales, des défis virils, et puis les sourires des filles, qui avaient attaché leurs cheveux et mis des tee-shirts rose fluo qui serraient leur poitrine tout en la mettant en valeur. Enzo regardait chacun d'eux, mais jamais trop longtemps, pour ne pas paraître les défier, ni surtout leur manquer de respect. Le plafond du gymnase était haut, les cris résonnaient dans la salle qui sentait le plastique et la sueur. Il leva la tête pour voir à travers les fenêtres hautes un peu de ce ciel qui s'étalait dehors et qu'on ne sentait pas ici. C'était comme un autre pays, lointain et regretté.

Le sifflet de monsieur Gilles rythmait le passage des élèves sur le tapis de sol, il fallait courir, faire une roulade avant, se relever, les deux bras tendus, et puis laisser la place, hop hop hop, ça sifflait et ça défilait, ça se marrait aussi et se bousculait. Enzo resta dans son coin, avec son épisode d'hypoglycémie chez un sujet obèse.

À la cantine on ne lui piqua pas ses frites, on ne cracha pas dans son assiette, on ne lui renversa pas la carafe d'eau sur la tête. Quelque chose avait changé, et ce quelque chose se trouvait *en lui*. C'était insaisissable, un peu comme une disparition. Dans la cour il vérifia que son ombre le suivait, que son reflet existait, il se pinça le bras pour ressentir la douleur et écouta les autres pour être sûr de les comprendre. Les garçons jouaient au foot et gueulaient « Passe ! Mais putain passe ! Main ! Y a eu main ! Mais tu rigoles ou quoi ? », des choses comme ça. Les filles parlaient plus bas, Enzo ne s'approchait jamais d'elles. C'était leurs rires qu'il entendait, et c'était inquiétant ces rires qui surgissaient de paroles muettes, comme des éclats de verre, et puis plus rien. Soudain, elles parlaient de nouveau entre elles, les visages rapprochés, et cela surgissait encore, les rires excités et sonores. Oui, l'enfant entendait tout. Et il avait bien une ombre, un reflet, et un visage. Il existait toujours. Il regarda le ciel posé au-dessus de la cour, mais il était haut, indifférent, sans nuages ni sillons d'avions, un ciel pâle qui s'était détaché de la terre, un ciel qui les avait abandonnés.

Enzo s'assit sous le préau. Il fallait qu'il trouve le moyen d'exister dans ce monde à moitié disparu, pour rapporter à sa mère des bulletins exemplaires qui la récompenseraient de tout le mal qu'elle se donnait pour faire de son fils un enfant parfait, et d'elle, par ricochet, une mère parfaite. Il était son miroir. Il était son reflet. Sa perfection ferait de Liouba un être d'exception, la première sur le podium de la maternité. Qu'importeraient alors l'indifférence, l'hostilité ou le mépris des autres ? Je lui donnerai ce qu'elle attend, se promit-il. Il tricherait. Il mentirait. Il inventerait mille histoires et mille ruses, mais il y arriverait, et non seulement Liouba serait fière, mais plus personne jamais n'oserait l'insulter. Enzo avait compris en regardant le ciel mort, que jamais rien de beau ni de puissant ne naîtrait de ce collège. Il ne servait à rien de s'acharner à faire surgir de l'or, là où la terre était aride et le ciel éteint. Il était 13 h 30 à sa montre et à toutes les montres autour de lui. Il lui restait plus de trois heures à passer au collège. Avant d'en sortir et de revenir le lendemain. À la même heure.

Quand il rentra ce soir-là, il demanda à Liouba s'il pouvait faire son portrait. C'était la première fois qu'il lui demandait cela. Il aimait dessiner et colorier ce qu'il voyait par la fenêtre, ou des fruits sur la table, parfois même il dessinait ce que les autres disaient. Quand Caro, l'amie de Liouba, avait dit « Le soir est tombé, on caille », il avait dessiné la chute du soir sur le macadam, et cela avait fait rire les filles qui depuis lâchaient des expressions imagées, avec l'espoir qu'il prenne ses crayons. Il y avait des dessins de « Ça casse pas trois pattes à un canard », « J'étais soufflée », « L'autre dingue est parti en vrille », « On est dans la merde les filles, je viens de tomber amoureuse ».

— Mon portrait ? Impossible Enzo, j'ai encore du boulot, je termine à 17 h 30 le lundi, tu devrais le savoir depuis le temps.

— M'man ! Tu peux rogner une heure, non ? Qui le saura ?

— Moi.

— Ok... Je fais mes devoirs et après tu poses, d'accord ? Au fait ! J'ai bien participé au cours d'anglais aujourd'hui, j'ai levé la main deux fois et monsieur Martin m'a même interrogé au tableau.

— C'est bien. Mais relâche pas la pression.

— Pas de risque.

— Tu vas me demander quoi, comme pose ?

— Ben... tu vas t'asseoir derrière la table de la cuisine... me regarder... et puis c'est tout...

— Ça serait pas mieux sur le sofa anglais ?

— Non, faut que ce soit naturel.

— Je vois. Ce sera l'éponge à la main.

— Pas du tout. Ce sera les yeux dans les yeux.

— Bon, je vais arroser.

Elle partit arroser les plantes, comme chaque soir, les bonsaïs et les plantes grasses, les ficus et les arbustes du balcon : lilas, plants de lavande et oliviers, qui n'en demandaient pas tant, ça se voyait à la façon dont ils penchaient et perdaient leurs feuilles, pris sous le poids des litres d'eau qu'ils ingurgitaient et qui les étouffaient littéralement. Enzo avait tenté de le faire remarquer à Liouba, qui lui avait répondu de se mêler de ses oignons, mais quand il lui avait montré les taches sur les feuilles, elle avait réfléchi un instant et avait admis qu'il y avait un problème. Depuis elle ajoutait de l'engrais liquide à chaque arrosage et Enzo se disait que si elle l'avait allaité avec autant d'acharnement, il comprenait pourquoi le sucre *coulait à l'intérieur*.

À 17 h 30 elle s'était recoiffée, avait ajouté du bleu sur ses paupières et dessiné le contour de ses lèvres avec un crayon gras. Enzo lui demanda de le retirer.

– Je sais pas ce que tu mijotes ni comment tu me vois, mais je sens que je vais pas être à mon avantage.

– C'est plus joli sans le crayon, je te jure m'man.

– Qu'est-ce que tu y connais en maquillage ?

– Ne parle plus s'il te plaît. Ah ben non : lève pas les yeux au ciel ! Essaye de me regarder sans parler, tranquillement.

Elle avait un œil plus petit que l'autre. De très longs cils et une petite cicatrice sur la tempe, tout près de la racine des cheveux. Elle avait une ride déjà profonde entre les yeux, qui contrastait avec son visage jeune et encore lisse, et l'enfant dessinait cette ride unique en tentant de comprendre ce que sa mère y avait mis : sa naissance ? ses heures de ménage ? ses problèmes d'argent ? La peau de ses joues était fine et marquée, elle disait souvent : J'ai une peau de blonde, je suis plus fragile que du papier de soie. Et elle découpait dans les magazines féminins les recommandations pour « peaux claires à tendance allergique ». Enzo avait décidé de commencer un album de famille, et puisqu'ils n'avaient pas d'appareil photo, il dessinerait leur vie et inscrirait les dates derrière chaque dessin, car il était hors de question qu'il n'ait rien d'autre à montrer à ses enfants qu'un carnet de liaison couvert d'encre rouge et de fausses signatures.

Au bout d'un moment Liouba cessa d'être sur la défensive et sourit même à son fils, ce qui n'était pas recommandé pour le portrait, mais son sourire était si gentil et fragile, que l'enfant décida de la dessiner comme ça, avec ce sourire timide qui s'échappait. Il savait que s'il lui demandait de le garder, elle lui enverrait un vrai sourire d'album photo, proche de la grimace, comme le faisait Farid-Michel : le bonheur permanent, fort et affiché. Elle était l'inverse de ça. Pourtant, dans ses pommettes saillantes qu'il aimait tant, Enzo voyait la force de sa mère. Elle avait un squelette solide, fait pour le combat, une charpente d'endurance. Elle lâcha la pose subitement et sans s'excuser.

– On devrait aller au photomaton, on poserait ensemble ce serait drôle, tu aimerais pas faire ça, Enzo ? Le photomaton du Monoprix, on pourrait y aller.

– Oui. Ça serait bien, une photo tous les deux.

– Parce que si tu comptes sur moi pour te tirer le portrait... !

Ainsi, elle avait compris qu'il commençait un album. Qu'il voulait des souvenirs.

– Tu me vois comment, m'man ?

– Comme mon fils.

– Franchement, quand tu me regardes, tu vois quoi ?

– Je vois mon fils, je te dis !

– Arrête !

– Mais c'est la vérité vraie, Enzo. Je savais pas que t'étais gros avant que le pédiatre me le dise. Je savais pas que t'avais la peau mate avant qu'on me fasse remarquer que tu me ressemblais pas. Je savais pas que t'avais du poil aux pattes avant que Caro te traite de « petit homme ».

– Mais m'man, fais un effort ! Si je disparaissais, hein, et si les flics débarquaient pour te demander un portrait-robot.

– Je leur montrerais le photomaton.

– Sans déconner, fais un effort...

– Ah ne parle pas mal !

– S'il te plaît...

Elle se renversa sur sa chaise en soupirant, croisa les bras sur sa poitrine, elle réfléchissait avec une honnêteté contrariée. Elle regarda Enzo avec des yeux étrécis, puis elle l'évalua au plus juste qu'elle pouvait le faire :

– Si les flics débarquaient, je leur dirais de rechercher un beau gars de douze ans, qui fait pas douze ans mais quinze, si c'est vrai, ne le nie pas, aux yeux noirs perdus dans un visage un peu bouffi, avec quelques poils au-dessus de lèvres si bien dessinées qu'elles font un peu fille, et des cheveux bruns qui bouclent aux pointes, comme ceux d'un poupon, et je leur dirais aussi que tu as un air... bizarre... trop concentré, et c'est pas toujours facile de savoir à quoi tu penses. Bon, je sais pas comment un flic peut comprendre ça, mais c'est ce que je dirais, en tout cas. Si j'avais pas de photomaton.

– J'ai l'air bizarre ?

– Bizarre... Je sais pas si c'est le mot juste, je suis pas comme toi, je traîne pas toujours avec un bouquin... Tu ressembles pas aux autres c'est sûr, mais va demander aux flics de rechercher celui qui ressemble pas aux autres...

– Bon. Le mieux c'est que je disparaisse pas, hein ?

– Et qu'on aille au photomaton. Fais-moi voir le portrait.

– J'ai pas fini.

– Fais pas ta forte tête, j'ai le droit de voir à quoi je ressemble.

– J'ai pas fini, je te dis. On reprendra demain.

150

– Mais demain, j'aurai changé !

– Un peu. Pas trop.

– Peut-être, mais demain je serai plus exactement la même.

Il mit ses bras sur le dessin pour le lui cacher. Elle avait raison : demain elle ne serait pas exactement la même. Lui non plus. Ils vieillissaient de seconde en seconde. Ils apprenaient des choses et en oubliaient d'autres. Le présent devenait le passé, le futur mourait à peine atteint, et c'est comme cela qu'on se retrouvait chaque matin aux portes des collèges. La vie vous prenait dans un courant si violent que parfois on oubliait de la regarder, on ne résistait pas à la vitesse du temps. Mais ce soir-là Enzo avait vu la petite cicatrice de Liouba, et la ride entre ses yeux.

– Je crois que t'as eu la varicelle, m'man.

– Quand ça ?

– Quand t'étais petite. Tu as dû te gratter, tu as une petite marque sur la tempe.

– Toi aussi tu as eu la varicelle.

– J'ai pas de marque.

– Je t'avais mis des moufles, tu ne pouvais pas te gratter. Tu pleurais beaucoup. Le jour, la nuit. T'en voulais pas de ces moufles, t'essayais de les arracher. Mais j'ai tenu bon.

Enzo cacha le dessin sous le lit en fer de la chambre débarras. Il lui semblait que là il serait à l'abri, un secret parmi tant d'autres. Avant de le cacher, il le regarda : c'était un portrait malhabile, trop asymétrique, et pourtant, au-delà du coup de crayon maladroit, on reconnaissait bien Liouba. C'était le visage d'une jeune femme qui avait tenu bon. Et qui n'était pas près de lâcher.

Il était 4 heures du matin lorsque l'enfant se réveilla, aussi naturellement que s'il avait été 10 heures et qu'il avait fait la grasse matinée. À ses côtés Liouba ronflait doucement, des petits bruits de gorge, comme si elle appelait à elle des animaux sauvages ou des oiseaux. La nuit était silencieuse mais ils étaient nombreux à ne pas dormir et à se sentir posés injustement dans un monde parallèle dont ils ne savaient trop quoi faire. Comment se rendormir ? Comment, surtout, ne pas se mettre à réfléchir, et se concentrer sur le « je ne pense à rien », sans que cette pensée, justement, vous tienne éveillé ? Alors commençait la nuit blanche, qui n'avait rien de lumineux.

Enzo se leva sans faire de bruit et alla dans la chambre débarras. Il alluma le plafonnier et s'assit sur le lit, dos contre le mur. Dans ce désordre, cette multitude d'objets bousculés, l'enfant savait que seules deux choses existaient vraiment : le portrait de sa mère, et le soldat blessé. Le portrait était sous le lit. Le soldat contre le mur face au lit. Enzo ne voyait ni l'un ni l'autre. Mais il avait tout son temps. Il tira la couverture et en entoura son corps. Il tremblait par à-coups, des plaques de frissons qui surgissaient comme des caresses furtives. Il serra la couverture contre lui. Le regard fixé sur la place du soldat. Il ne se passa rien et au bout d'un moment, il comprit qu'il avait fait une erreur. Il éteignit le plafonnier. Ouvrit la fenêtre. L'air de la nuit était plus chaud que celui de la chambre, c'était une chaleur animale, concrète. L'enfant ferma les yeux. Il fallait beaucoup de confiance pour oser faire ça : attendre le soldat, les yeux clos. Il entendit des pas dans la rue, un aboiement lointain, le moteur rapide d'une moto, des échappées d'un monde qui vivait à peine, et vite, comme muselé. Petit à petit, il ne perçut plus aucun bruit du dehors, cela s'effaça, mais il sentait son corps s'ouvrir et se fermer, comme un soufflet. Sa respiration était souple. Il aurait pu se rendormir. Mais il y eut cette vague de froid, pareille à l'autre soir, compacte et massive. Son corps y réagit comme si le froid l'avait bousculé. Il se tendit et serra la couverture plus fort contre lui. Au début ce fut à peine perceptible, un bruit léger de métal, et puis cela devint plus présent, et désordonné, on aurait dit une batterie de cuisine lâchée au sol. Enzo reconnut la marche des deux soldats. Tout son corps se contracta sous l'effet de l'angoisse. Il avait mis en route quelque chose qu'il ne pouvait plus arrêter, il était incapable de faire le moindre geste, et même sa respiration était suspendue.

Il n'entendit pas les pleurs du soldat. Il n'entendit pas non plus les pas dans la boue. À la vérité, il n'entendit soudain *plus rien*. Il ouvrit brusquement les yeux. Le soldat blessé était assis face à lui et le regardait. Ses yeux étaient ouverts si grands qu'on les aurait dits prêts à craquer, c'était un regard d'homme perdu, un être saisi par la peur et l'injustice. Son fusil était posé à ses côtés. L'enfant sentait que même sans prononcer le mot « help », l'homme lui demandait de l'aide. Quel âge avait-il ? Ses joues mal rasées, sa plaie qui saignait, son regard agrandi, il avait l'air d'un adolescent abîmé par une maladie, un gamin jeté brusquement dans un monde vicieux. Qu'est-ce que je peux faire ? Qu'est-ce que tu veux ? pensa Enzo, alors le soldat se mit à geindre doucement, sans cesser de le regarder. Tu me fais peur, dit Enzo, je ne peux pas m'approcher de toi, tu me fais trop peur, je crois que je me suis pissé dessus, tu me fais très peur. Le soldat blessé baissa la tête d'un coup, comme si on l'avait frappé à la nuque. Il prit son visage dans ses mains et son sang tomba en petites gouttes fines

155

sur le parquet. Je suis désolé, dit Enzo, I am sorry… Et ils restèrent ainsi longtemps, l'enfant et le soldat, effrayés l'un et l'autre, seuls au monde tous les deux. La nuit leur donnait rendez-vous, mais c'était une chance qu'ils ne pouvaient saisir, pris qu'ils étaient dans la carapace de leur solitude.

Au petit matin Enzo ouvrit les yeux, enroulé dans la couverture, couché en boule comme un animal. Par la fenêtre ouverte on pouvait voir le monde qui s'éveillait, la lumière qui s'étirait dans le ciel, le mouvement des hommes qui se préparaient à vivre ensemble, dans une journée imposée et inconnue. Enzo s'étonna de se réveiller dans le vieux lit en fer et en même temps lui revint, furtivement, le souvenir de la nuit. Il regarda sous le lit : le portrait de sa mère était là. Liouba avait changé. La ride entre ses yeux s'était creusée. Son regard était plus profond. Lentement Enzo s'approcha de la place du soldat blessé. C'était froid encore, et humide, comme s'il y avait déposé beaucoup de larmes. L'enfant s'allongea de tout son long sur le parquet mouillé, la joue contre le bois glacé. « Je leur dirai de rechercher un beau gars de douze ans, qui fait pas douze ans mais quinze, aux yeux noirs perdus dans un visage un peu bouffi. » Il ferma les yeux. Maintenant qu'il était l'heure de se lever, il se sentait prêt à glisser dans le sommeil comme sur une pente douce, des bras immenses, oh c'était bon, il tombait dans ces bras-là, la fatigue s'échappait de lui, il respirait sur un nuage. « Et je leur dirai aussi que tu as un air... bizarre... trop concentré, et c'est pas toujours facile de savoir à quoi tu penses. » Ah maman, à quoi pense ton fils ? Tu ne voudrais pas le savoir. Tu ne sais même pas à quoi il ressemble, c'est toi qui l'as dit. Tu préfères faire tes heures en attendant des bulletins scolaires brillants, félicitations du directeur et remise de prix, pourquoi pas, mais après, on nous envoie à la guerre, qu'est-ce que tu crois ? Une fois que nos mères nous ont mis au monde, on nous appelle. Sous les drapeaux. Les petites moufles pour la varicelle et la vitamine D dans les biberons, tu parles d'une victoire, non la vraie victoire est patriotique. Je le sais. Je l'ai pas lu, je te jure m'man, je le sais c'est tout. Et tu viens de là. De soldats morts. Tes pères et grands-pères. Les Français et les Russes.

Enzo ouvrit brusquement les yeux, fut sur ses pieds en quelques secondes, effrayé qu'il était par ses propres pensées. Les Français et les Russes ? Ensemble ? Oui, je suis bizarre, beaucoup trop bizarre, et plus jamais je ne dormirai ici, quand j'aurai des insomnies je resterai près de ma mère, j'allumerai ma lampe de poche, plus jamais je ne reviendrai dans la chambre du soldat. Les Français et les Russes ? Dubois et Popov à la guerre, tu parles d'une épopée ! Enzo sortit de la chambre, referma la porte en pensant : Qu'il pleure tout seul, le soldat ! Et au moment où il se disait cela, au moment où il fermait la porte, il savait qu'il mentait. Il savait qu'il ne refermait rien. C'était devant lui. Inconnu et familier. Glacé et vibrant. La vérité. Tout simplement.

Le lendemain au collège, il comprit que ça n'était pas tant l'attitude des autres qui avait changé que sa façon de la percevoir. Il était décalé. Mal calculé. Comme un univers dont la formule mathématique ne serait plus parfaite, et dans cette erreur infinitésimale, Enzo n'avait plus la même solidité, et seul son poids excessif le maintenait sur terre. Il sut que les autres ne l'avaient jamais détesté. Puisqu'ils ne l'avaient jamais connu. Ça n'était pas lui qu'ils martyrisaient, puisqu'il n'était pas ce « sale con de Russe petite pédale de l'Est », pas plus qu'il n'était « le fils de la boniche », de Lila ou de Baba, et jamais il ne s'était appelé « Enzo popote, Enzo chochiotte, ni Enzo popo », et s'il avait un nom et un prénom avec trois « o », c'étaient des voyelles rondes faites pour lui, le gamin plein de sucre. Qui n'aimait pas le sucre ? Les autres étaient pleins de bile. C'était amer et repoussant. Mais le sucre ? On aurait dû avoir envie de le toucher, de l'embrasser, de le goûter comme une barbe à papa géante, un loukoum généreux. Il aurait aimé ça. Qu'on se pose sur lui et qu'on le goûte, une récompense pour les enfants sages et les écoliers méritants. Il se serait tenu dans la cour, bras écartés, attendant qu'on le picore avec joie, qu'on le mange... Est-ce que je me prends pour Jésus-Christ ? se demanda-t-il soudain avec un peu de méfiance. Est-ce que je suis un de ces dingos qui se prennent pour Jésus ou Jules César ? Enzo Popov : qui es-tu ? Qui es-tu si tu n'es pas celui que les autres voient ? Le soldat qui te regarde... qu'est-ce qu'il voit ? Un adolescent obèse qui dort dans un débarras glacé ? Mais le débarras n'était pas toujours glacé. Quand Enzo s'était allongé le matin à la place du soldat, il s'était cru sur un lit de plumes, enlacé par des bras aussi tendres que protecteurs, et c'était une expérience extraordinaire dont il ne pouvait parler qu'avec des mots ordinaires. Il avait eu la sensation de glisser dans le sommeil comme dans un pays bienfaisant. Mais dire cela était une sorte de mauvaise poésie, une image sans consistance. L'inverse de ce qu'il avait éprouvé, qui était un sentiment de plénitude et de confiance absolue. Il avait été dans une zone sans danger, et on ne pouvait pas imaginer, si on ne l'avait pas vécu, ce qu'était *réellement* une zone sans danger. Ce n'était pas une absence de danger. C'était une présence positive, pleine et réelle.

Enzo passa cette journée au collège dans une sorte d'indifférence douce, ce qui agaça beaucoup les autres, qui n'appréciaient pas qu'on leur échappe si facilement. Ils se concertèrent et établirent un plan secret. Ils avaient les moyens de faire revenir le Russe sur terre. Enzo Popov n'était pas décalé comme il le pensait : évadé tout au plus, mais la force était de leur côté, et ils décidèrent que le lendemain même, mercredi, ils lui régleraient son compte. À midi. Hors du collège et sitôt les cours terminés. Enzo crut ce jour-là qu'il bénéficiait encore du sentiment de plénitude qui l'avait envahi lorsqu'il s'était allongé à la place du soldat, et il vivait sur cette réserve. Il ne comprit pas que c'était simplement le calme avant la tempête et qu'une menace invisible était posée sur son épaule. Cela s'appelle l'innocence. Ou la bêtise. Car il était un innocent, une sorte d'idiot, aux yeux des autres. Il ne le savait pas mais c'était une petite société pleine de bruit et de rancœur. D'envie et de désœuvrement. Il croyait éviter la haine simplement parce qu'on ne le connaissait pas. C'est pourtant sur lui que cette haine s'était posée. C'était bien lui qui était visé. Il espérait passer au travers mais le monde n'est pas une passoire. Un filet aux mailles lâches. Le monde est plein de gens patients qui planifient des lynchages.

Petit, Enzo amusait sa mère quand il tentait d'attraper un rai de lumière au-dessus de son berceau. Et la fois où jouant avec un tuyau d'arrosage il avait fait surgir un arc-en-ciel, qu'il avait voulu saisir en lâchant le tuyau, le faisant disparaître aussitôt… C'était cela, le monde d'Enzo Popov. Attraper une lumière qui vous échappe. Mais ils étaient trente dans la classe, trente qui jamais n'avaient eu le désir de connaître ce garçon étrange. Ça ne leur était jamais venu à l'idée. Enzo Popov, pour ce qu'ils en savaient, *était à eux*. Il pouvait bien faire son rêveur, son fugueur, son hypoglycémique, un pitre égaré, il *était à eux*. Et le lendemain, ils reprendraient leur bien.

Le soir à 16 heures, après la fin des cours, Enzo alla au centre de documentation du collège. Les bibliothécaires aimaient bien ce garçon paisible qui leur permettait d'exercer leur métier, ils lui prêtaient plus de livres que le nombre autorisé et attendaient avec amusement ses retours de lecture, que l'enfant faisait sur le ton de la confidence, comme s'il avait rencontré l'auteur et que ce dernier lui avait raconté une histoire incroyable et totalement inédite. Dans ses mains, les livres rajeunissaient, on aurait dit qu'ils sortaient à peine de l'imprimerie et que l'encre n'en était pas encore sèche.

– Qu'est-ce que tu cherches aujourd'hui, Enzo ?

L'enfant tordit sa bouche d'un seul côté, les yeux plissés, il avait le sérieux de celui qui va avouer une chose un peu inquiétante :

– Je crois bien qu'aujourd'hui, je ne veux pas de roman... quoique... je sais ce que vous allez me dire.

– Qu'est-ce que je vais te dire ?

– Vous allez me dire : Tolstoï. C'est couru d'avance. Mais je n'ai pas le temps de lire *Guerre et Paix*, je ne peux pas vous dire pourquoi, ne me posez pas de questions, je ne peux pas c'est tout.

Nicolas, le bibliothécaire, un garçon de vingt-cinq ans, aimait bien Enzo, un enfant qui ne venait jamais accompagné d'un camarade, un solitaire qui ne se souciait que de littérature et de poésie.

– Que vont devenir nos grands auteurs si même toi tu cherches des lectures rapides ?

– Je voudrais un livre d'histoire. Je voudrais connaître les guerres qu'ont faites ensemble les Français et les Russes, savoir qui sont les victimes des batailles.

– Tu fais fausse route Enzo, permets-moi de te le dire, tu te trompes de sujet. Tu veux que je te dise une chose ? Les vraies victimes des guerres napoléoniennes, ce ne sont ni les soldats ni les civils, les hommes sont des êtres serviles obéissant aux ordres des dictateurs, mais ceux sans qui la guerre n'aurait jamais pu avoir lieu, les seuls qui ne pouvaient ni déserter ni désobéir et dont personne ne pouvait se passer, les seuls qui n'en sont pas revenus, écoute-moi bien, ce sont les chevaux. Ils sont morts de froid, de faim, de soif, de fatigue, de dysenterie, morts brûlés, asphyxiés, éventrés, abattus, et puis

LA NUIT EN VÉRITÉ

dépecés, mangés, après avoir chargé en première ligne, tiré des canons, transporté des vivres et des familles entières, assuré l'intendance, est-ce que tu sais que pour son seul service, Napoléon en avait plus de six cents ?
Et soudain le bibliothécaire ne ressemblait plus au bibliothécaire. Il s'enflammait et avançait des thèses inédites, il devenait un être passionné et peut-être de mauvaise foi. Le cheval ? Enzo n'y avait jamais pensé. La seule question qu'il se posait quand il voyait des films d'époque ou des westerns dans lesquels les chevaux chargeaient et puis s'écroulaient sur eux-mêmes, c'était : est-ce qu'il y a un trucage ? Jamais l'enfant n'avait pensé que le cheval portait plus qu'un cavalier. Qu'il portait la guerre.
– Excusez-moi, je ne savais pas.
– Quoi qu'il en soit, les Russes et les Français n'ont pas toujours été ennemis, hein, souviens-toi de la guerre de 14.
– Ah… je… ne m'en souviens pas…
– Tu l'étudieras en troisième.
– Ils n'étaient plus ennemis en 14, les Français et les Russes ?
– Tu sais ce que c'est : la haine, ça va ça vient. Ça dépend de l'intérêt qu'on y trouve.
– Et les chevaux ?
– Pendant la guerre de 14 ? Plus de neuf cent mille sont morts. Rien que du côté français. Ça a commencé

comme avec Napoléon, cavalerie, ambulances, ravitaillement, mais en plus ils ont eu droit aux progrès de la science, comme les chiens d'ailleurs... Bon... tu as peut-être le temps d'apprendre tout ça.

Enzo sortit de la bibliothèque et marcha longuement dans Paris. Il flâna du côté du Marché aux fleurs et des jardins de Notre-Dame, puis s'assit sur un banc de la place Dauphine. La haine ça va ça vient, avait dit le bibliothécaire. C'est un flux inévitable, un ressac éternel. Enzo était français. Né en France de mère française. Mais son nom lui disait des choses qu'il ne comprenait pas. Il traînait avec lui une histoire inconnue, et il était ballotté entre des alliés et des ennemis, des chevaux morts et des chiens gazés, des soldats perdus qui criaient à l'aide, mais lui que fichait-il là ? Que pouvait-il faire pour le soldat de la chambre débarras ? Que pouvait-il faire en ce monde ?

Il rentra tard et Liouba avait sa tête des mauvais jours. Elle s'était inquiétée. Qu'est-ce que tu veux qu'il m'arrive ? lui demanda Enzo, et elle lui lança un regard lourd de rancune, elle lui en voulait de ne même pas imaginer le nombre de tragédies qui passent dans la tête d'une mère qui soudain, sans raison, se fait du souci.

– Ça ne s'explique pas, figure-toi, ça s'appelle « l'instinct maternel », parfaitement, moi aussi je lis de temps en temps. L'instinct maternel, c'est ce qui fait qu'une mère aura toujours peur que son enfant ait faim, même s'il est gros et a des réserves pour des années. L'instinct maternel, c'est ce qui fait qu'une mère aura toujours peur que son enfant ait froid, même si tout autour les autres meurent d'insolation. Voilà, c'est tout ! Et j'imagine que le portrait tu t'en fous, hein ? Tu t'y remettras quand j'aurai perdu mes dents, ah ne réponds pas tu m'énerves trop ! Ne dis rien !

Il hésita à lui dire que sur le portrait elle avait déjà un peu vieilli, car il eut la sensation pénible que si elle vieillissait si vite, c'était par sa faute, lui qui n'avait pas le sens du temps et était venu au monde bien trop tôt. Elle avait encore « dans les vingt » et il voyait bien qu'entre elle et les profs, les bibliothécaires et tous ceux qui avaient son âge, il y avait un gouffre. Il voulait s'approcher d'elle et la prendre dans ses bras, mais il n'osait pas. Elle était vraiment très en colère. Elle le détestait de lui avoir fait si peur, d'avoir gâché son après-midi en suppositions apocalyptiques, tandis que lui rêvassait sur un banc de la place Dauphine. Il aurait voulu qu'elle oublie sa rancœur et sorte avec lui dans Paris, qu'ils soient un instant semblables aux autres, proches et nonchalants, marchant le nez en l'air et se moquant des passants, riant sans méchanceté, parlant sans conséquence, un peu de légèreté et d'oubli. Mais à la façon dont elle décida de décrocher les rideaux, alors qu'elle avait fini sa journée depuis longtemps, il sut que toute tentative de rapprochement était inutile. Il n'osa même pas lui faire remarquer que non seulement les rideaux étaient propres, mais aussi qu'à force de les passer en machine, leur couleur avait disparu. Cet appartement n'était pas lavé. Il était délavé. Elle n'en prenait pas soin, elle l'assassinait. Et pour la première fois il se dit que peut-être elle avait conscience de tout ça, que peut-être elle le faisait exprès.

« La Première Guerre mondiale fut surtout le fait de deux grandes alliances : la Triple Entente, composée de la France, du Royaume-Uni et de la Russie, et de leurs empires coloniaux. Plusieurs États se joignirent à cette coalition, la Belgique, le Japon, l'Italie, le Portugal, les États-Unis. »

Deux grandes alliances. La Triple Entente. La Force de l'Entente. La Grande Guerre. La Guerre des guerres. Alliés. Coalition. Amis. Camarades. Compagnons. Partenaires… Le livre d'histoire était plein de mots qui disaient l'union. Enzo regardait les illustrations, qui toutes disaient l'inverse. Les uniformes rendaient les hommes identiques. Avec sa petite loupe l'enfant tentait de voir les visages, mais en grossissant les photos devenaient encore plus floues. La solitude se voyait quand même. Sur les photos de groupe. Sur les portraits en pied. Les visages dissimulés par le masque à gaz. Et cet homme qui bourrait sa pipe, assis sur un sac de sable. Ceux qui jouaient aux cartes sur des cageots. Celui qui s'était accroupi face à un chien qu'il caressait. Cet autre, debout dans la tranchée, qui lisait une lettre. Les photos ressemblaient aux films, ceux qu'on voyait au cinéma, avec le fauteuil qui tremble tellement le son du canon est bien rendu en dolby stéréo. Et là, le soldat ne touche plus le sol. Ses bras dessinent une croix dans le ciel où les arbres n'ont plus de branches. Des trucages incroyables et des effets spéciaux hors de prix.

Enzo posa sa loupe et resta un temps sans rien faire, sans plus penser à rien, croyait-il. Il y avait plus qu'un épisode de l'histoire de France dans ce livre, il y avait des hommes comme lui, faits des mêmes substances, il respirait le même air qu'eux, leurs corps avaient rendu leurs atomes à la vie, comme un dû, pour que les enfants des enfants de leurs enfants puissent naître et respirer. Enzo sentait que les photos frémissaient de tout ce qu'elles ne montraient pas, elles étaient vivantes, comme si cela n'était pas « déjà fini », comme si la pierre avait été lancée au fond de l'eau mais que les ronds à la surface tremblaient encore.

– Tu n'entends pas quand je t'appelle ?

Liouba était encore furieuse. Elle avait envie d'être avec son fils mais hésitait à se réconcilier avec lui. Elle lui en voulait de ce besoin qu'elle avait de lui, cette dépendance malgré tout.

– C'est l'heure de dîner, j'ai fait du poisson pané comme quand t'étais petit, t'aimais bien ça. Qu'est-ce que c'est ce livre ? Je croyais que tu lisais plus les livres qui avaient des images ?

Elle prit le manuel d'histoire, le visage fermé. Elle lisait avec méfiance, poussait de légers soupirs indignés, c'était la première fois qu'Enzo voyait sa mère s'intéresser à une de ses lectures. On aurait dit que le livre avait des comptes à lui rendre. Elle hochait la tête avec ce léger écœurement que l'on ressent face à la mauvaise foi, et laissant soudain retomber le livre ouvert sur le bureau, elle désigna rapidement une photo et dit : C'est truqué ce bouquin, si tu crois que les photos étaient en couleur à l'époque ! Puis elle sortit en ordonnant à Enzo de se laver les mains avant de passer à table.

L'enfant se pencha sur la photo colorisée. Devant un magasin à la belle enseigne « Produits Félix Potin » et aux vitrines « Spiritueux et liqueurs », « Vins français et étrangers », des soldats semblaient faire leurs courses. Il faisait beau, le soleil était partout. Les soldats n'avaient cependant pas quitté leurs casques. Sans doute achetaient-ils des boissons pour leurs supérieurs.

Enzo n'eut pas besoin de sa loupe pour lire la légende :
« Soldats russes et français. Reims. Mars 1917. »

Il sentait l'odeur du poisson frit, l'huile brûlée qui
venait de la cuisine où sa mère l'attendait, pleine de sa
tristesse et de son envie de faire la paix. Il n'avait pas
fallu à Liouba plus de deux minutes pour lui mettre
sous le nez ce qu'il cherchait dans le livre sans le trouver.
Il alla se laver les mains et la rejoignit. Elle avait ouvert
une demi-bouteille de rosé et s'en était versé un verre.

– Ça sent bon, c'est vrai que j'aime ça, le poisson
pané.

– C'est au programme la guerre de 14 ?

– Si je devais m'intéresser seulement à ce qui est au
programme…

– On croit que les choses sont loin, quand elles sont
dans les livres… Enfin, je parle pour moi évidemment,
toi… je te dirais que Victor Hugo te demande au téléphone, tu le croirais. Mais moi sitôt qu'une chose est
dans un livre, j'ai l'impression qu'elle est loin.

– Je comprends.

– Tu comprends quoi ?

– Dans un livre c'est comme si elle était déjà finie,
cette chose.

– Non. C'est pas ça, tu comprends pas. C'est comme
si elle était enfermée. Voilà.

– C'est bien pour ça qu'on les ouvre les livres, m'man.

– Fais pas ton philosophe.

– Fais pas celle qui a pas le niveau.

– Tu insultes ta mère ?

– M'man, pourquoi tu m'as montré cette photo ?

– Quelle photo ?

– Celle en couleur.

– Parce que je te l'ai dit : c'est des mensonges tout ça. Les photos étaient pas en couleur. Et les soldats quittaient pas la tranchée pour acheter du champagne. La pro-pa-gan-de, tu connais ?

– Peut-être. Mais sur la photo, c'est des soldats russes et français, tu as vu ?

– Pro-pa-gan-de, je te dis ! Pour faire passer les Russes pour des alcoolos, une fois de plus.

L'enfant comprit qu'elle n'en dirait pas plus. Il comprit aussi que sa mère n'avait pas perdu la mémoire, pas autant qu'elle le disait, pas si fort qu'elle le voulait. Il y avait coincée en elle une injustice qu'on lui avait faite et qui ne passait pas. Elle n'était pas seulement une brindille de vingt-neuf ans qui faisait le ménage. « La propagande » : Enzo ne savait pas qu'elle connaissait ce mot-là. Et sûrement c'est elle qui avait raison, cette photo de soldats achetant du champagne au soleil avait tout d'une pub bien faite. Produits des terroirs et fête de la victoire. Comment se comprenaient-ils, les Français et les Russes ? Le pouce levé vers la bouche pour dire : J'ai soif ! Buvons un peu de champagne ! Deux doigts qui se frottent pour demander : Mais qui les paye, ces bonnes bouteilles ? Oui, la vérité est enfermée. Et pas seulement dans les livres. Dans les cuisines aussi. Dans les chambres. Dans les têtes. Dans les mémoires blanches.

— Je vais faire la vaisselle m'man, fume ta petite cigarette tranquille.

Elle était très fatiguée, ce soir-là. Il y avait en elle une sorte de dégoût léger et insidieux. Enzo pensait qu'elle devrait trouver un autre travail, être caissière, hôtesse d'accueil, un métier pour lequel on s'habille et on se coiffe, dans lequel on dit Bonjour, Merci, Au revoir, Je vous en prie. Est-ce que Liouba acceptait ce travail absurde pour qu'Enzo profite du prestigieux collège ? Quelle ironie ! Jamais l'enfant ne lui avouerait qu'il était la tête de Turc de trente inconnus, qu'il collectionnait autant de mots en rouge que de fausses signatures, parce qu'il ne voulait tout simplement plus sortir d'ici. Il voulait rester dans le vieil appartement trop grand, trop propre, et pas si vide qu'on ne le pensait.

— Je vais terminer ton portrait, tu veux bien, m'man ?

— Non. J'ai pas envie.

— Tu es très jolie, ce soir.

Elle se tourna vers lui aussi brusquement que s'il l'avait insultée. Elle le regarda, stupéfaite, puis se tourna de nouveau vers la fenêtre, tira sur sa cigarette si fort qu'Enzo perçut le bruit du papier qui grésillait. Elle ignora totalement son fils. Même quand il eut fini la vaisselle. Même quand il lui dit Bonsoir avant d'aller se coucher. Enzo se dit que les filles étaient très compliquées, qu'il lui faudrait sûrement des années avant d'arriver à les comprendre. Car il est bien étrange de faire autant de peine à quelqu'un simplement parce qu'on lui a dit « Tu es très jolie, ce soir ».

Ils dormaient tous les deux profondément, quand Monsieur et Madame rentrèrent en plein milieu de la nuit. Enzo et Liouba se réveillèrent au même moment, saisis par la même frayeur : la porte qui claque, les éclats de voix, les valises à roulettes poussées, cognées, ce surgissement brutal qui les tirait du sommeil comme une main qui vous tire par les cheveux. Ils avaient le corps endolori et l'esprit désorienté. Assis sur leur lit ils écoutaient, se demandant si les patrons allaient oser venir les saluer.

– Tu avais essuyé la vaisselle, Enzo ?
– Non…
– Merde… Et le canapé, tu l'avais retapé ?
– Je me suis pas assis dessus.
– Ça doit sentir la clope dans la cuisine.
– Tu avais ouvert la fenêtre.
– Ça doit sentir quand même.
– Mais non, je te jure.

– De toute façon, c'est trop tard maintenant, hein ?

– Oui.

Ils restèrent ainsi, comme deux voleurs surpris, guettant les bruits, tentant d'imaginer ce que les patrons faisaient. Ils s'interpellaient à haute voix, d'une pièce à l'autre, et puis ils mirent de la musique classique très fort, ce qui signifiait que Madame allait prendre un bain. Enzo et Liouba ne se parlaient plus. Ils pensaient la même chose : Ça ne peut plus durer. Il faut se barrer d'ici et vite. Ils pensaient aussi : On ne le fera jamais. Et cela rendait l'humiliation encore plus douloureuse. Ils allaient accepter l'inacceptable. Et remercier, encore.

– C'est Mozart ? demanda Liouba.

– Forcément.

– Quelle conne !

L'enfant fut surpris de la colère de sa mère. Il la sentait au bord des larmes, il aurait donné n'importe quoi pour lui dire que ça n'était pas grave, pour trouver naturelle l'attitude des patrons, ces gens à l'aise. Il avait envie de grandir. Très vite. Pour travailler et lui rendre tout ce qu'elle lui avait donné. Pour la mettre à l'abri, comme une femme plus âgée qu'elle et à qui il demanderait une seule chose : se reposer.

– Rendors-toi, Enzo, y a école demain.

– J'y arrive pas.

– À cause de Mozart ?

– Non.

174

Enzo écoutait le boucan que faisait Farid-Michel en rangeant ses valises dans le débarras. Il allait tout saccager, et jamais plus le soldat ne reviendrait, jamais il n'oserait demander de l'aide dans cette chambre ouverte à tous les vents, dans laquelle n'importe qui pouvait surgir à n'importe quelle heure. Enzo avait besoin du soldat, autant que le soldat avait besoin de lui. Ils s'étaient trouvés tous les deux, et ça n'était pas par hasard. N'aie pas peur, il repartira très vite, ne crains rien, il ne pourra jamais te faire de mal, ne te décourage pas, ne t'en va pas, ne m'abandonne pas, je t'en supplie, HELP !

– Qu'est-ce qui t'arrive, tu es dingue ?

– Hein ?

– Tu as crié, tu es fou ou quoi ?

– J'ai fait ça ?

– Regarde : j'en ai encore la chair de poule. Et qu'est-ce qu'ils vont penser les autres ? Que je te bats ?

– M'man, tu sais quoi ?

– Non.

– Des choses étranges m'arrivent.

– Ah ouais...

– Des choses tout à fait inhabituelles.

– On pense toujours ça quand on est môme. Mais il arrive les mêmes choses inhabituelles à absolument tout le monde. Crois-moi.

– C'est-à-dire ?

– C'est-à-dire que tu gueules tout haut ce que tu penses tout bas. Mais ce que tu viens de crier, le mot, je l'ai pas compris.

– C'est un mot… inventé.

– On n'invente rien, ça aussi faut que tu le saches. À l'école aussi tu parles tout haut ?

Il hésita à lui dire que oui, à l'école, il venait de le réaliser, il parlait tout haut, et il comprenait mieux les mots dans le carnet de liaison.

– Non. À l'école je me tiens à carreau.

– T'as intérêt. Si tu veux pas être homme de ménage, plus tard.

Ils ne dirent plus rien. Qu'y avait-il à dire ? Ils étaient deux oiseaux dans un nid menacé. Deux êtres à la merci de plus puissants qu'eux, qui revenaient de loin, jetlagués et les valises pleines. Des billets d'avion froissés dans les poches de leurs pantalons. Des bouteilles de whisky achetées en free taxe. Et des statuettes, des tissus, des bijoux payés trois fois rien et qu'ils revendaient une fortune, sans parler des meubles et des sculptures entreposés dans un hangar à Levallois. C'étaient des spécialistes. De grands voyageurs. Ils connaissaient les noms des meilleurs hôtels à travers le monde, mais ils étaient, disaient-ils, autant à l'aise au Hilton de Singapour que dans une case du Mali. « Catherine est tout-terrain », disait Farid-Michel. La seule chose dont elle ne pouvait se passer : Mozart pour prendre son bain. Mozart était dans sa discothèque, son iPod, son iPad, son ordinateur, son magnétophone et sa clef USB. Depuis le temps, elle ferait mieux de l'avoir dans le crâne, disait Liouba. Et cette nuit-là ils entendirent le *Concerto n° 23*, des heures durant. Elle devait avoir besoin de beaucoup se laver. Eux écoutèrent le piano, qui semblait venir à eux avec un mystère solennel et beaucoup de tristesse, parfois les violons le rejoignaient, et la flûte aussi, très haute et si pure, c'était à vous déchirer le cœur. Il va où comme ça, Mozart ? demanda Liouba, on dirait qu'il s'approche de quelque chose qui recule tout le temps, tu trouves pas ? Et cela leur mettait les nerfs à vif à tous les deux. C'était comme une marée dont les vagues se soulevaient mais n'éclataient pas, la lune jouait au yoyo avec l'océan. Enzo priait tout bas pour que le soldat blessé aime Mozart : Je sais que tu as vécu ici, que nous sommes tous chez toi, tous des imposteurs. Mais ça reviendra. On se rencontrera encore. Attends-moi. Écoute comme ça fait une jolie musique, le chagrin.

Au petit matin, deux heures à peine avant de se lever pour aller au collège, l'enfant s'endormit. À ses côtés, Liouba avait gardé les yeux grands ouverts et fixait le plafond. Elle faisait mentalement des listes, en alternance.

Une liste de courses. Puis une liste de souhaits. Une liste de recettes. Puis une liste de souvenirs. Car elle les cherchait, bien plus qu'Enzo ne le pensait. Sa vie était posée à côté d'elle, et elle avait beau tendre la main, elle ne parvenait jamais à la saisir tout à fait. Mais la plupart du temps, ses souvenirs, c'était dans la colère qu'ils surgissaient. Dans cette impulsion violente, le vernis craquait. Et cette nuit-là, elle fut plus en colère qu'elle ne l'avait été depuis longtemps.

Au matin, Enzo trouva sa mère au milieu du salon. Immobile. Autour d'elle, des restes de repas, des bouteilles vides et des cendriers pleins. Des vestes sur le canapé, des coussins par terre, une sorte de lendemain de fête.

– Tu ranges pas ? lui demanda-t-il.

Surprise par sa présence, elle poussa son habituel cri aigu de frayeur, s'excusa, le prit par la main et l'emmena à la cuisine, où la vaisselle sale débordait de l'évier. Puis dans les salles de bains où des monceaux de linge gisaient sur le sol trempé, et l'eau des baignoires stagnait, avec des petits bouts de savon, des particules de crasse. Pour finir, elle le mena au seuil des chambres : lits défaits, valises ouvertes, cartons au sol, chaussures éparses… Puis elle dit simplement d'une petite voix sèche :

– Va prendre tes céréales, tu vas être en retard au collège.

Il comprit qu'il n'y avait rien à redire. Il n'osait même pas lui demander si elle les avait vus, ni où ils étaient partis, ni quand ils rentreraient, et tandis qu'il prenait son petit déjeuner, elle était adossée à l'évier et elle fumait. Enzo ne l'avait jamais vue fumer le matin. Il n'avait pas faim et il se força à manger ses céréales pour donner à cette matinée un semblant de normalité, mais il n'était pas certain que Liouba s'en rende compte. Elle fumait, les yeux dans le vague, une main tapotant nerveusement le rebord de l'évier, on aurait dit qu'elle tournait ostensiblement le dos à la vaisselle sale. L'enfant ne pouvait lui avouer qu'il ne servait absolument à rien qu'ils restent ici pour qu'il ait droit au prestigieux collège. Il était aussi incongru dans cet établissement qu'elle-même dans cette cuisine. Il s'en voulait d'être si lâche, de la laisser se débattre toute seule, simplement parce qu'il avait besoin de revoir le soldat blessé. Soudain, il se leva et courut au débarras. Il ouvrit la porte si violemment que les pages des journaux se soulevèrent et la fenêtre, pourtant fermée, claqua contre le bois. Il s'attendait à un désastre. Mais la chambre était telle qu'il l'avait laissée. Il chercha les valises de Farid-Michel et ne les trouva pas. Il prit son visage dans ses mains, s'assit sur le lit, face à la place du soldat. Il pleurait de soulagement, sa respiration était courte, sa gratitude immense. Il reviendra, pensa-t-il.

– Tu vas être en retard, Enzo.

Elle y tenait, à son collège. Elle s'y accrochait à ces bulletins brillants, et il se sentit indigne d'elle.

– Si on allait à la mer, dimanche ?

– Hein ?

– On n'est jamais allés à la mer.

– File, je te dis, j'ai pas envie d'avoir un mot parce que tu te fiches de l'heure.

Il hésita. Délivrer sa mère. Ou revoir le soldat. Dire la vérité. Ou s'approcher du mystère. Il embrassa sa mère et partit au collège avec le sentiment d'une terrible trahison.

Comment Monsieur et Madame avaient-ils pu mettre l'appartement à sac en si peu de temps ? Et quand avaient-ils filé ? En général après ses bains mozartiens, Catherine-Cathy-Cath dormait la journée entière. Elle se réveillait pour demander deux choses : l'heure qu'il était à Paris, et un café serré. Puis elle se rendormait. Pendant ce temps-là, Farid-Michel, enfermé dans son bureau, téléphonait et alignait les chiffres. Il demandait deux choses : qu'Enzo file lui acheter le *New York Times*, *Les Échos* et *Le Monde*, et que Liouba lui prépare des sandwichs américains avec du vin français. Enzo avait le droit de garder la monnaie.

En allant au collège aussi vite qu'il le pouvait pour rattraper son retard, l'enfant cherchait une cohérence à la situation. Il marchait dans des rues qu'il ne voyait pas, traversait sans faire attention, et ne remarqua pas les petits groupes d'élèves heureux qui regardaient cet innocent tomber dans le piège qu'ils lui avaient préparé. Ils lui régleraient son compte à la sortie de midi, ils avaient passé la soirée (Facebook, sms et Skype) à mettre au point la petite fête dont Popov serait le héros. Pour une fois il y avait une vraie motivation à aller en cours, presque une joie. Ce matin-là ils se saluaient avec de grandes claques dans le dos, ils étaient frères et sœurs. Enzo pensait à sa mère. La façon dont elle avait allumé sa cigarette, le petit bruit sec et vif de l'allumette, et comment elle avait protégé la flamme avec sa main, ses longues mèches blondes qui frôlaient le feu, et puis ses doigts qui pianotaient sur le rebord de l'évier dégueulasse. C'était cela qu'il voyait, bien plus que le désordre, tout ce travail qui l'attendait et qui lui prendrait bien le reste de la semaine. C'était sa silhouette adossée à l'évier. Sa voix sèche et courte quand elle lui avait ordonné de filer au collège. Son corps de brindille. Ses chaussons de femme de ménage. Son silence tandis qu'elle lui faisait faire le tour des pièces. Sa main dans la sienne, avec les crevasses et le vernis écaillé. C'était sa mère. Toute seule dans l'appartement saccagé, comme si elle n'y avait jamais fait ses heures, comme si toute la lumière qui passait à travers les vitres propres n'était là pour personne. Il se mit à courir. Tournant soudain le dos au collège, il courait vers elle. Son sac à dos brinquebalait, les livres cognaient dans ses reins, il allait aussi vite qu'il le pouvait, transpirant, les genoux et les chevilles mis à mal, son gros ventre tremblait comme un flan secoué, sous son sweat noir qui le maigrissait si peu.

Elle ne fut pas surprise de le voir rentrer. Il se tenait devant elle, soufflant comme un phoque, les cheveux mouillés, les mains sur les genoux, le cœur douloureux. Elle lui dit simplement :
– Dans quel état tu t'es mis.
Et elle lui donna un verre d'eau.
– Le prof de français est absent. J'avais quatre heures de français ce matin.
Le regard qu'elle lui lança était comme un ordre de se taire, et il n'alla pas plus loin. Elle se prépara un café et s'assit pour le boire tranquillement. Il ignorait ce qu'elle avait fait tout le temps qu'il était sorti, elle n'avait pas mis son tablier et le désordre était intact.

– Et comment tu irais toi, à la mer ?

Sous l'effet de la surprise il recracha un peu d'eau par le nez et s'essuya avec sa manche, ce qui la fit grimacer malgré elle.

– Je sais pas. On pourrait y aller avec la voiture de Caro, non ? Deauville, ça a l'air drôlement beau.

– Deauville, voyez-vous ça ! Et pourquoi pas le Festival de Cannes, pendant que tu y es !

– Parce que c'est la mer la moins loin de Paris, je disais ça rapport à l'essence.

– On verra ça. Bon. Par quoi on commence ?

Ils commencèrent par le salon. Ils prirent de grands sacs-poubelle et éprouvèrent un certain plaisir à jeter les restes de repas et les bouteilles vides, comme s'ils se débarrassaient des patrons, ils balançaient ça dans les sacs noirs avec la même nonchalance que les autres avaient mis à gâcher la nourriture.

– Heureusement que j'avais anticipé, comme dit l'autre, hein ? Il est toujours plein, le frigo. Qu'est-ce que je jongle avec les dates de péremption.

Enzo était déçu. Il aurait aimé qu'elle lui parle encore de la mer et lui coupe la parole quand il évoquait le collège. Au lieu de quoi elle s'engouffrait de nouveau dans le ménage. C'était comme un instinct de survie. Elle devait reprendre possession des lieux sans quoi elle serait devenue folle peut-être, de se sentir tellement inutile. Ils étaient alliés. Mais ce qu'aurait voulu l'enfant, ça aurait été d'expliquer à Liouba comment étaient nés les océans. Il aurait aimé lui dessiner cela aussi : cette violence qui fit naître les mers. Ces millions de météorites éclatant sur Terre et libérant des gouttes d'eau pendant des millions et des millions d'années, préparant la vie, et les plages, et les vacances qu'ils auraient un jour, eux aussi, et il oserait se mettre en maillot devant tout le monde, et même à Deauville où tous devaient être si maigres et si chics, lui Enzo Popov qui savait qu'on se baignait toujours dans l'océan primitif, il serait aussi à l'aise et heureux que les autres.

Après le salon, ils nettoyèrent la cuisine, et après la cuisine, ils se reposèrent.

– Je crois qu'ils sont repartis, dit Enzo.

– Quelle drôle d'idée. Et pourquoi ils seraient repartis ?

– Parce qu'il n'y a pas les valises de Farid-Michel dans le débarras.

– Mais dans la chambre de Madame, il y en a deux.

– Peut-être, mais ils ne prennent pas toujours autant de valises. Un soir j'ai entendu Farid-Michel dire à ses amis que Catherine aimait partir les mains dans les poches et tout acheter sur place à son arrivée.

— Ah oui, je me souviens… Les mains dans les poches.

— C'est comme ça aussi qu'ils se font des surprises, tu sais bien, y en a un qui achète les billets d'avion et l'autre embarque il ne sait pas pour où.

— Ah oui, je me souviens… À nous aussi ils ont fait la surprise, hein ?

— Tu veux que je te dise, maman ? Ils n'ont aucune classe.

— À propos de classe, fais-moi signer le mot avant que j'oublie.

— Quel mot ?

— L'absence de ton prof de français.

— Tu vas le recevoir par mail, tu imagines bien qu'ils ne se sont pas amusés à écrire un mot sur chaque carnet de liaison, on est plus de trente.

— Par mail ? J'ai jamais vu ça.

— Tu vas le voir. Tu l'auras sûrement ce soir.

— C'est dingue, ce truc.

— C'est un collège à la pointe.

— À la pointe de quoi ?

— Du progrès.

— Tu es sûr qu'ils vont pas revenir ? Parce que j'ai pas envie d'aller nettoyer les chambres.

— J'en suis pas sûr à 100 %, m'man.

Cette dernière réflexion suffit à la faire bondir et elle

se précipita dans la chambre de Madame, où elle ouvrit les fenêtres en grand, avant de ranger le linge et de passer l'aspirateur. On était mercredi après-midi, Enzo se dit qu'il irait chez Charles envoyer le mot d'absence depuis son ordinateur.

Pendant ce temps, les autres élèves fulminaient. Ils avaient acheté des bouteilles de bière, du produit de vaisselle et des détergents, et Enzo avait fait demi-tour, sur le chemin du collège. Ils finiraient bien par trouver le traître qui l'avait prévenu. Ils passèrent l'après-midi en suppositions et conciliabules, et du lynchage d'Enzo Popov, leur attention fut détournée sur le salaud qui les avait trahis. Cela avait la saveur d'une nouvelle bataille et le goût amer de la suspicion. Qui parmi eux protégeait Popov et pourquoi ? Quel intérêt pouvait-on trouver à couvrir le fils de la boniche ? Était-elle vraiment la boniche du grand appartement ? Avec ses airs de pute de l'Est, est-ce que son rôle n'était pas plus trouble ? Ce qui était agaçant avec ces deux-là, c'était qu'ils étaient insaisissables et sournois, mais ils ne perdaient rien pour attendre. D'abord le traître. Ensuite le gros. Ils n'étaient pas du genre à accepter la défaite et l'humiliation.

Avant d'aller chez Charles, Enzo flâna le long des quais. C'était bon parfois d'être seul. Tranquille et à son rythme. Après le chaos du grand appartement, il éprouvait le besoin de reformer sa bulle, cette petite bulle légère qui flottait autour de lui comme un ange gardien et lui permettait de prendre ses rêves pour la réalité, et la réalité pour le bien des autres auquel il ne voulait pas toucher. Il faisait mourir avant l'heure les professeurs, les directeurs, les élèves, les patrons, tous évaporés dans un autre monde, où lui ne mettait pas les pieds. L'enfant avait ce pouvoir-là : décider de ce qu'il voulait voir, de ce qu'il voulait aimer. Les livres. Le ciel. Paris. Liouba. Et bien sûr, le soldat. « Soldats russes et français. Reims. Mars 1917. » Enzo décida qu'il vivrait toujours en mars, voilà, ce serait toujours le mois de mars, sa lumière, ses chats en chaleur, et les chants des oiseaux à 5 heures du matin. L'odeur adoucie des jardins, les touristes sur le Pont-Neuf, et le soleil qui le soir lui disait au revoir avec orgueil, le maître des lieux c'était lui, ça n'était pas Farid-Michel, qui se croyait propriétaire et patron. Le maître des lieux c'était le soleil, qui avait permis la Terre, qui avait permis la lune, et ainsi tous les trois vivaient reliés et reconnaissants, et Enzo ne souhaitait qu'une chose : avoir assez d'imagination un jour pour se représenter comment c'était avant, quand les journées ne faisaient que trois heures. Quand la lune était quinze fois plus grosse. Quand la Terre était en feu. Est-ce qu'il y parviendrait ? Est-ce qu'il serait assez fou pour cela ?

Et il marchait, les mains dans les poches, le long du fleuve, près des bouquinistes et des vendeurs de cartes postales, près des murs anciens qui portaient encore des traces de balles et le niveau des grandes inondations, qui portaient l'histoire des hommes, des bêtes, des catastrophes naturelles et des guerres. Et aussi parfois, quelques cœurs gravés dans la pierre, des prénoms sur l'écorce des arbres, le passage des uns et des autres, les salauds et les justes, les perdus et les ambitieux, les assassins et les amoureux, un magma de vies où chacun tentait de saisir sa chance avec plus ou moins de bonheur, de perversion ou de lucidité.

Les patrons ne réapparurent pas ce soir-là. Pas un mot, un coup de fil. Ils avaient disparu, on ne savait pas quand ils reviendraient. La nuit. Le jour. Tout était possible. Ils avaient les clefs. Ils étaient chez eux. Pour la première fois, ils n'avaient laissé aucun nouvel objet. Nul bijou, nul tableau, nulle statuette. Sans doute avaient-ils déjà tout déposé dans le hangar de Levallois. Liouba se dit que cet appartement était pour eux comme un hôtel, un lieu de passage, avec un room service impeccable et des serviettes propres dans les salles de bains. Elle n'était rien de plus qu'une femme de ménage de grand hôtel, et sûrement ils les appelaient toutes Baba ou Lila, c'était plus pratique. Les Asiatiques, les Africaines, toutes elles s'appelaient Baba ou Lila. Et elles traînaient toutes des enfants à leur charge, qu'elles élevaient seules, c'est le sort des filles modestes. Liouba s'assit sur le lit de Madame. Si haut. Des oreillers énormes. Un dessus-de-lit en cachemire qu'elle faisait venir d'Écosse. Elle grattait le vernis de ses ongles, des petits coups nerveux, elle réfléchissait. Il lui semblait qu'il y avait deux mondes : un ouvert aux quatre vents et dans lequel des gens comme les patrons naviguaient sans cesse, libres comme des oiseaux migrateurs, et un autre, clos, minuscule, dans lequel des filles comme elle tâtonnaient sans jamais trouver la sortie. Mais que son fils ait envie de voir la mer lui donnait un espoir fou. Il avait raison. Il fallait qu'elle sorte d'ici, qu'elle cesse d'avoir peur du retour des patrons, de leurs exigences et de leur jugement. Elle savait qu'elle ne s'occupait pas si bien que ça de leur appartement. Les plantes crevaient. Les rideaux n'avaient plus de couleur. Les tableaux étaient épousstés de trop près, les tapis trop souvent passés à la vapeur, les meubles africains cirés perdaient leur patine. Tous ces meubles et ces objets rares avaient plus de valeur qu'elle. Et c'était injuste. Elle lisait les catalogues de la salle des ventes dans lesquels les patrons glissaient parfois leurs reçus, le prix d'un vase en cristal de Baccarat, d'une lampe Art déco ou du plus minuscule des tableaux. Elle avait même vu une chaise à 2 000 euros. Souvent elle les entendait parler de « petite folie », à propos de leurs achats. Et maintenant lui revenait en tête une chanson : « C'est toi ma p'tite folie, toi ma p'tite folie, mon p'tit grain de fantaisie »... Elle se souvenait de qui la chantait : son père. À sa mère. Avec son œil qui brille, son sourire charmeur. Où cela se passait-il exactement, difficile à dire. Mais ses parents s'aimaient. Elle avait vu ça, que jamais son fils n'avait vu : un couple. Une femme qui appartient à un homme, un homme qui travaille pour ramener des sous à la maison, une maison qui est à eux, ils payent un loyer et ils sont les seuls à en avoir les clefs. Elle sourit. Elle entendait d'ici ce que diraient ses copines : Tu es ringarde, Liouba. Tu as des rêves de midinette, Liouba. Oui, sûrement. Mais un homme qui vous chante une chanson, c'est beau. Maintenant c'était trop tard. Même si elle rencontrait quelqu'un, même s'ils s'aimaient, même s'ils vivaient ensemble, c'était trop tard pour qu'Enzo apprenne ce qu'est un couple. Ça ne serait pas naturel, un type qui débarquerait maintenant. On lui libérerait une ou deux étagères dans le placard, il poserait sa bombe à raser et sa brosse à dents dans la salle de bains, et à table, qui servirait ? Encore moi, évidemment ! se dit Liouba en regardant les minuscules écailles de vernis rose tombées sur la moquette parme. Alors qu'Enzo, lui, il avait ses défauts, il était un peu bizarre, il aimait trop le Nutella et les bouquins, mais il était gentil. Il était très gentil. Elle n'aurait pas supporté que quelqu'un d'autre qu'elle soit sa mère. Souvent elle l'observait sans qu'il le sache, il était grand et gros, il avait mille pensées dans le crâne, et elle se disait : C'est moi qui l'ai fait. Il tenait tout entier dans mon ventre. Il grandissait. Il mangeait et il pissait dans mon ventre. Et maintenant il lui expliquait les supernovae et les trous noirs, il lui apprenait qu'on ne savait rien : Non mais presque rien, m'man. L'univers nous est inconnu à plus de 95 %. Ça ne l'étonnait pas, Liouba. Elle connaissait si mal sa vie. Elle savait deux choses : elle détestait la campagne. Et aussi la vieillesse. Elle avait aimé son père, ça oui, elle l'entendait encore chanter « Ma p'tite folie », et c'était le chant d'un homme bon. Elle savait aussi qui était le père d'Enzo, et qu'elle ne lui dirait jamais. À quoi bon ? Un père, soit il est là, soit il n'est pas votre père, c'est tout, c'est la présence qui donne la fonction, pas le sperme, sans ça, autant se servir dans une éprouvette, et aurait-on idée de montrer une éprouvette à un enfant en lui disant : Je te présente ton père ? Aurait-on idée de comparer ce liquide blanchâtre à un homme qui chante une chanson à votre mère et travaille pour que vous ne manquiez de rien ? Enzo finirait bien par se trouver un père dans un livre, ou en regardant les étoiles. Il lui disait qu'on était né de la poussière, ça elle connaissait bien la poussière Liouba et ça la faisait marrer parfois quand elle passait le plumeau, elle avait l'impression de faire valser le père d'Enzo. De la poussière. Rien de plus. La religion le disait. De la poussière au début. De la poussière à la fin. Mais elle en avait assez. Le sable, elle avait envie de le sentir couler entre ses doigts. Le sable chaud qui prend la forme que vous lui donnez. Enceinte d'Enzo, elle était allée à la mer. Exister entre le ciel et le sable, entre l'eau et le soleil, elle aimait ça, elle demanderait sa voiture à Caro, mais ils n'iraient pas à Deauville, les pique-niques sont interdits à Deauville, mais pas les chevaux, c'est idiot, un cheval ça salit plus qu'un sandwich, les riches n'y comprennent rien, c'est agréable de manger sur la plage : le soleil vous caresse la peau, la bière qui sort de la glacière est fraîche comme l'eau d'un torrent, et vous dégustez un jambon-beurre-cornichons, la baguette qui craque un peu, vous savez pas si c'est elle ou le sable qui craque comme ça, et vous n'avez plus qu'à demander qu'on vous passe un peu de crème dans le dos, et tout ça s'appelle le paradis. Enzo avait raison.

Elle retapa un peu les oreillers, un geste spontané, elle ne pouvait pas voir un coussin ou un oreiller sans le tapoter, une table sans y passer un chiffon ou une éponge, parfois même elle y frottait sa manche, elle astiquait tout ce qu'elle voyait et ça allait la rendre folle. Cette nuit, elle avait été très en colère. Pendant que

Madame se baignait avec Mozart, elle avait senti une drôle de rage monter en elle. Si Catherine-Cathy-Cath n'avait pas pensé une seule seconde que Mozart pouvait déranger Liouba dans son sommeil, c'était tout simplement parce que selon elle Liouba *ne l'entendait pas*. La belle musique, c'est comme les chevaux à Deauville. Un domaine réservé. Madame se trompait. Liouba entendait Mozart, l'entendait si bien que la musique venait la chercher, la tirait hors d'elle-même, soulevait sa vie pour la mener au bord de sa conscience. Liouba n'aimait pas être bousculée à ce point-là, envahie par cette puissance qui venait du piano, des violons et de tous les instruments dont elle ne savait pas le nom. Elle se serait noyée de prendre son bain avec Mozart. Elle aurait mis sa tête sous l'eau pour échapper aux couleurs mouvantes de la musique qui s'enroulaient autour d'elle. Vraiment, s'il y en avait une dans cette maison qui n'entendait pas Mozart, c'était Madame. Quand on ne peut pas retenir le prénom de son employée de maison, comment peut-on comprendre un concerto? On n'a pas la sensibilité pour, c'est tout. Elle était peut-être tout-terrain, Madame, mais elle était aussi délicate qu'un tank, et quand elle avait récuré sa baignoire, Liouba avait trouvé des petites limailles de fer au fond de l'eau, parfaitement, comme si Madame était faite d'acier. Mais cette nuit, Mozart avait saisi la conscience de Liouba et ramené à la surface des souvenirs épars. Elle avait revu sa famille.

Une petite fille avec de grands rubans roses et des nattes. Une femme opulente qui rit et dont les seins se soulèvent. C'est sa mère. Elle le sait. J'ai été heureuse. Et puis j'ai détesté la campagne. Et la vieillesse. Je n'y retournerai jamais. Liouba n'en trouvait plus le sommeil. Elle avait été heureuse. Mais où était partie la joie ? Elle voyait que son fils s'inquiétait pour elle, la façon dont il faisait la vaisselle le soir, cette gentillesse qu'il mettait en toute chose et comme il baissait les yeux sitôt qu'il avait été insolent, avec ses petits hochements de tête si brefs et pudiques, Oh mon chéri, dans les magazines une crise d'adolescence, c'est tant de violence et de méchanceté, jamais tu n'y arriveras ; et soudain elle s'en voulut de l'avoir menacé avec ça, elle lui posait une main sur la bouche et lui ne se révoltait pas, et elle ne mentait pas quand elle lui disait qu'il était le garçon avec qui elle avait vécu le plus de temps, elle n'avait pas connu son propre père si longtemps, sa famille avait quelque chose d'un fruit éclaté, beaucoup de bonnes choses à portée de main, mais gâchées.

Liouba sursauta. Enzo était rentré de chez Charles et l'appelait. Jusqu'à quand vas-tu m'appeler, mon fils ? Est-ce qu'un jour je ne t'entendrai plus ? Tu vivras ailleurs, bien sûr, chez toi, avec ton nom sur la sonnette, et moi alors, je serai où ?

– M'man ? Tu es là, m'man ?

Il faut que je retrouve ma joie, se dit Liouba, et vite, avant que ce gamin grandisse et s'en aille, parce qu'un jour chez moi, ça sera seulement chez moi. Qui me parlera ? Comment je supporterai de vivre, si je n'ai pas retrouvé ma joie ? « En une seconde, m'man, la lumière a fait sept fois le tour de la Terre, tu savais ça ? », bien sûr que non je le savais pas, mais si la lumière va si vite, ma vie aussi va se barrer sans que j'aie eu le temps de la rattraper. Et ça mon fils, tu ne peux pas me l'expliquer. Tu crois avoir du temps devant toi. Moi, j'ai bientôt dans les trente. Et qu'est-ce que j'ai fait ? Même pas capable de gueuler : Je m'appelle Liouba et j'aime Mozart ! Même pas capable de dire que j'ai plus de valeur qu'une chaise à 2 000 euros. Même pas capable de te dire que ton père s'appelait Hervé, parce que plus banal comme prénom, tu peux pas le faire, un fils ne peut rien imaginer d'un père inconnu qui s'appelle Hervé. Ce prénom a surgi cette nuit, au plus fort de ma colère.

– Ah tu es là, je te cherchais, tu m'entendais pas ?
– Si je t'entendais. Ça s'est bien passé chez Charles ?
– Tu vas pas être contente, on a joué à la console.

Elle lui sourit. Elle ne pouvait pas lui dire à quel point ça lui manquerait ce soulagement enfantin qu'il avait de l'avoir retrouvée, et la peur de se faire gronder parce qu'il avait joué à la console. Pour lui faire plaisir elle l'engueula un peu, il baissa la tête en mordant ses lèvres, elle eut envie de se jeter contre lui pour le tenir dans ses bras, mais il était tellement pudique, alors elle lui fit seulement remarquer qu'elle n'avait pas reçu le mail du collège, peut-être qu'ils ne captaient plus, en tout cas l'ordinateur ne marchait pas. Il éclata de rire et il lui dit : Bon, j'ai pas vraiment le temps, mais je vais te montrer. C'est pas compliqué quand même, je t'ai déjà expliqué. Et à chaque fois il lui montrait trop vite, il ne lui donnait pas le code, il ne voulait surtout pas qu'elle apprenne à se servir de l'ordinateur et puisse lire les mails que les autres lui envoyaient, élèves et directeur. Car comment aurait-elle supporté qu'ils ne lui parlent jamais autrement que sur le ton de la menace ?

Monsieur et Madame ne revinrent pas, ni ce soir-là, ni les jours suivants. Ils étaient passés comme un typhon et il n'y avait plus qu'à scruter le ciel pour deviner quand ils surgiraient de nouveau. Liouba ne ferait plus 35 heures par semaine. Le passage des patrons, dans sa fulgurance, lui ôta toute conscience professionnelle. Elle comprit qu'ils la ficheraient à la porte un jour avec la même violence qu'ils mettaient la musique à fond. Ce serait pour eux comme appuyer sur un bouton, rien de plus. Et ce fut pour Liouba un grand soulagement, mêlé à l'angoisse la plus profonde, car où iraient-ils, après ? Où son fils continuerait-il ses études ? Ils avaient déménagé tant de fois. Tant de fois changé d'école, de quartier, de voisins, elle finissait par confondre les adresses, les petits boulots, et tous ces tracas administratifs à chaque fois, comme si elle ne tenait rien dans ses mains qu'un filet d'eau.

À table, le soir qui suivit le passage des patrons, Enzo lui dit qu'il aimerait dormir chaque nuit dans le débarras. Ils avaient bien droit à un peu d'espace tous les deux, non ? Elle en rougit d'indignation.

– Mon fils dans un placard, c'est ça que t'appelles de l'espace ? Moi j'appelle ça de la maltraitance, et les assistantes sociales rigolent pas avec ce genre de pratique.

– Mais maman, on l'a déjà fait samedi dernier.

– Justement, ça m'a pas plu. Et puis j'aime pas dormir toute seule.

Enzo piocha dans les pommes de terre. L'angoisse lui ouvrait toujours l'estomac. Il mangeait comme d'autres se rongent les ongles, s'arrachent les cheveux ou bougent la jambe. Il faisait venir la fourchette à lui pour qu'elle lui apporte un peu de calme et d'apaisement, mais ce qu'il y gagnait était des kilos en trop, jamais un instant de bien-être.

– Tu vas te rendre malade. Je cuisinerai plus de pommes de terre, c'est écœurant de te voir manger comme ça.

– J'y peux rien si j'ai faim.

– On avait dit que tu y dormirais le samedi soir, dans le débarras.

– D'abord c'est pas un débarras, c'est une chambre. C'est « chambre », qu'il faut dire.

– Alors tu dois ranger un peu tout ce désordre, si tu veux que ça y ressemble.

– Je toucherai rien. C'est bien comme ça, ça me plaît.

– Je t'interdis de dormir là-dedans tant que j'aurai pas fait le ménage.

Il se leva en repoussant un peu la table. Elle ne comprenait rien. Il ne fallait rien déranger, c'était un miracle que le soldat soit venu deux fois, et jamais il ne reviendrait si on rentrait dans son refuge comme dans un moulin.

– Assieds-toi, on n'a pas fini de dîner.

– J'ai plus faim.

– Tu m'étonnes ! Assieds-toi, je te dis. Et cesse de soupirer, c'est très mal poli.

Il se rassit et sentit à quel point il était gros, encombrant, râleur, et il n'avait qu'une envie : hurler.

– M'man, la nuit je te réveille quand j'allume, j'ai des insomnies, j'y peux rien.

– Sujet clos. Mange une poire, ça fait pas grossir.

– J'ai plus faim.

– Mange une poire, c'est bon pour les vitamines.

Il pela sa poire. L'envie de vomir le saisissait tout entier, il avait mal partout et ses mains tremblaient. Liouba le regardait sans comprendre. Difficile de saisir la frontière entre le caprice et le vrai désir, entre l'éducation et la méchanceté.

– Tu me trouves méchante ?

Il lâcha la poire, le couteau fit un bruit métallique aigu en tombant sur l'assiette. Le visage dans les mains, il sanglotait. Liouba le regardait, elle ne pouvait pas le consoler, il était si grand et si gros, par quel bout l'attraper, il dépassait de partout.

– Enzo, c'est pas si grave tout ça…

Il sortit de la cuisine en courant. Elle l'entendit vomir dans les w-c. Si seulement ça pouvait être dû à l'adolescence. Si seulement c'était juste une histoire d'hormones, si dans toutes les cuisines ce soir tous les garçons de douze ans vomissaient après avoir tenu tête à leur mère… Mais son fils n'était pas comme les autres. Ses chagrins ne venaient pas de son taux hormonal, elle le savait bien.

Elle débarrassa et rangea la cuisine lentement, sans faire de bruit. Puis elle rejoignit son fils, qui faisait ses devoirs sur ses genoux, sur le lit de leur chambre commune. Il ne leva pas la tête à son arrivée, et quand elle s'assit à ses côtés, il ne bougea pas non plus. Elle posa sa main sur la sienne, lui demanda s'il voulait une tisane, et peut-être qu'elle devrait faire un mot pour le collège, faudrait qu'il se repose un peu demain matin, non ? Il la regarda sans rien dire, attendant qu'elle comprenne. Elle comprit, évidemment. Se leva en soupirant. D'accord, dit-elle simplement. Et le sourire qu'il lui envoya alors, elle décida de ne jamais l'oublier. Elle le méritait. Chaque jour depuis douze ans, elle improvisait. Chaque jour depuis douze ans, elle faisait face à une situation inconnue. L'enfant grandissait et changeait, et ce qu'elle avait appris la veille ne lui servait plus le lendemain. C'était comme si sa vie de mère n'était qu'une répétition, et lorsqu'elle aurait appris et mémorisé son rôle, Enzo serait un adulte. Elle resterait toute seule avec un savoir qui ne lui servirait à rien, et lui il aurait essuyé les plâtres, voilà tout. Les ordres contradictoires, les maladresses, les revirements, il avait tout encaissé pendant qu'elle apprenait à être sa mère, et il avait été emporté dans des courants contraires, où l'amour se mêlait au découragement et à la fatigue.

– Tu vas pas le regretter, m'man. Tu viendras me dire bonsoir dans ma chambre, comme font les autres.

– Ouais…

– Et moi le dimanche matin, je t'apporterai le petit déjeuner au lit.

– Tu sais pas faire le thé.

– Tu vas m'apprendre.

– Tu mets trop de beurre sur les tartines, et puis j'aime pas manger au lit, j'aime bien être dans ma cuisine. Bon, tu es sûr que je fais pas du tout le ménage là-dedans ?

– Repose-toi et t'inquiète pas. Tu t'in-quiè-tes pas, d'accord ?

– D'accord.

Il prit son pyjama, son sac à dos, sa lampe de poche et un livre, et elle eut l'impression qu'il faisait son balluchon pour partir à l'autre bout de la terre. Elle ne dit rien. Stoïque. Contrariée. Sur le pas de la porte, il se retourna et lui dit :

– Pas la peine de faire un mot, j'irai en cours demain.

Elle le trouva courageux. Lui voulait éviter à tout prix qu'elle ait le carnet de liaison dans les mains. Il revint vers elle pour lui poser un baiser furtif sur la joue, elle pensa que les enfants quittaient leur mère avec autant de bonheur que d'insouciance, et aussi qu'elle venait d'encaisser sans rien dire une fausse promesse : elle n'irait pas lui dire bonsoir dans sa chambre, «comme les autres», puisqu'il venait de l'embrasser. Menteur. Tous les enfants sont des menteurs. Elle trouvait cependant qu'il avait raison. Quelque chose en elle lui disait que si elle improvisait le rôle de mère, il improvisait celui de fils, et qu'il ne s'en sortait pas si mal. On va y arriver, se dit-elle. On n'est pas comme les autres. On s'aime plus, je le sais, je peux pas l'expliquer mais je le sais. C'est une belle image de couple que je donne à mon fils, pas besoin d'un père qui ramène le fric à la maison, d'un Hervé contrarié qui vous trompe en cachette et gueule après son fils. Ce qu'ils venaient de faire là, tous les deux, c'était la vérité. Et elle se coucha en se disant qu'elle dormait seule peut-être, mais qu'en douze ans elle avait appris beaucoup de choses à son enfant. Et qu'elle vivait là les plus belles années de sa vie. Il dormait dans la pièce d'à côté. Il était là. Tout proche. Les plus belles années.

Le soldat ne revint pas cette nuit-là. Le mystère ne nous obéit pas. Ne se convoque pas. Enzo était un guetteur. Qui ne vit rien. Il demeura seul dans une nuit éteinte, soustraite au monde. Ne restait que l'angoisse de retourner au collège le lendemain, cette réalité avec laquelle Enzo *n'avait rien à voir*. Retourner au collège était comme se tromper de vie. Comment arrêter cela ? Il avait douze ans et envie d'apprendre, de connaître le monde, les lois de la physique et de la nature, le long chemin des hommes, leurs histoires, ce qu'ils avaient traversé, ce qu'ils avaient osé, tout ce qui avait surgi de ces vies qui nous entourent, les vivants et aussi les morts, tellement plus nombreux que nous, petite minorité bombant le torse, persuadée d'être pour toujours dans la place. Enzo n'aurait su formuler cela, il le sentait pourtant et passer tant d'années au collège était pire que passer son tour, c'était se prosterner devant la bêtise et l'ignorance. Il y aurait tant de nuits semblables à celle-ci, où il se dirait : demain. Demain matin. Deux mots lourds, des boulets aux pieds du danseur. Mon surpoids c'est les autres, se dit l'enfant, ce sont eux qui me pèsent, je serais léger comme un papillon sans ceux du collège, le vent me ferait valser, houp, une petite brise et j'aurais la tête qui tourne, je serais léger comme les cheveux de Liouba, je ne serais rien d'autre qu'un minuscule brin d'herbe, mais demain. Demain matin. Et alors, une étrange intuition s'empara de lui. Il garda les yeux ouverts dans la nuit de la chambre débarras et sut que demain matin était une bataille. Il tourna la tête vers la place du soldat, il ne le vit pas, mais il sentit. Ce qu'il lui transmettait. On fait comment, la nuit d'avant ? demanda Enzo. Nul ne lui répondit et il comprit que la nuit d'avant était celle de la solitude. Demain matin ne s'adresse qu'à vous, la peur c'est la vôtre. La nuit s'avance pour mieux laisser place au jour, le grand jour qui se lève, clair et transparent comme la trahison.

Enzo ne vit pas le soldat cette nuit-là, mais il y eut passe d'armes, le guerrier, c'était lui. Il décida de ne pas se soustraire au combat. Il fit les gestes rituels, toilette et petit déjeuner, odeur de savon, fenêtre ouverte et danse de la poussière dans les rayons du soleil, danse des oiseaux dans les arbres, danse du lait versé dans le bol, danse des grands draps secoués, paupières qui se lèvent, portes qui s'ouvrent, poulies d'ascenseur, fracas des rideaux de fer.

Et l'enfant arriva à la grille du collège.

Ils avaient été humiliés, trahis, aussi les collégiens avaient-ils passé la nuit devant leur ordinateur, à communiquer et à traquer le coupable sans le trouver, et ils finirent par se suspecter tous. Comme dans un roman policier, chacun d'eux pouvait avoir une bonne raison d'avoir averti Enzo Popov du lynchage. Le prévenir, c'était aussi le tenir, qu'il vous mange dans la main et se soumette. Le Russe vivait dans l'appartement de collectionneurs, on pouvait lui demander une ou deux pièces rares et les revendre sans problème à Barbès ou ailleurs. Le Russe pouvait aussi devenir votre larbin, serf ou moujik, au choix, il pouvait faire vos devoirs, vos courses, cirer vos pompes, il pouvait vous divertir, obéir aux ordres les plus stupides, et ce fut une pluie de suggestions : certains voulaient le voir sauter dans la Seine, d'autres monter à Notre-Dame à mains nues, on suggérait des tags dans les tunnels du métro, ou mieux, sur les murs du collège, pourquoi ne lui ordonnerait-on pas de voler chez les commerçants du quartier, ou dans le bureau du directeur, et pourquoi ne pas le forcer à se branler, le film ferait un tabac sur YouTube, à partir de là les propositions sexuelles et scabreuses jaillirent à profusion, une imagination débordante de scènes d'humiliation, ils n'en trouvèrent plus le sommeil, une nuit tous ensemble à se réconcilier finalement, au diable le traître qui était parmi eux, le centre d'intérêt demeurait le Russe, leur possession commune, leur passion partagée. Il les inspirait.

Ce fut un matin calme. Les professeurs enseignaient. Les élèves écoutaient et notaient, certains levaient le doigt et donnaient la bonne réponse. On faisait ça au même moment dans une multitude de pays, et déjà on pouvait reconnaître les âmes tordues, les personnalités faibles et vicieuses, les adolescents prépubères, malmenés par des jaillissements hormonaux, des pollutions nocturnes comme disaient leurs parents, de jeunes animaux pas tout à fait dressés mais qui feraient bientôt la fierté des leurs. Ils avaient leur place : à table et sur la photo, dans l'arbre généalogique et dans les projets des adultes, on savait déjà ce qu'ils deviendraient, ils feraient des études et des enfants, ils gagneraient de l'argent sans perdre de temps, puis finiraient par ressembler à leurs géniteurs, les fils au père, les filles à la mère, une façon

de dire merci, leur vie était belle comme une carte rou-
tière, lieu de départ, lieu d'arrivée, et entre les deux un
chemin balisé et charmant. La vie : une balade familiale
au service du clan.

Ce fut un matin calme, mais au fil des heures insensi-
blement l'ambiance se tendit. Certains avaient peur et
ne voulaient plus y aller. Certains avaient perdu le goût
de cet amusement-là : lyncher le Russe tous ensemble.
Mais aucun n'avoua sa peur ni son dégoût, car mieux
valait se trahir soi-même que trahir le groupe. Il fallait
être ensemble, coûte que coûte, ne pas jouer les affran-
chis ou les trouillards, ne pas se la jouer perso ou peu-
reux comme un pédé. C'était plus qu'un lynchage,
c'était une initiation, faire cela ensemble pour que la
solidarité existe et que la fête commence. Et la peur
devint une motivation, et le remords aussi, il était bon de
sentir qu'on s'effaçait pour respecter la promesse faite à
ses amis, qu'ils vous étaient plus précieux que votre vie,
et quelle exaltation, se tenir prêt, montrer sa bonne
volonté et sa vaillance. Se faire le Russe, c'était faire le
groupe. Alors la bastonnade planifiée se mua en parole
d'honneur et d'amitié, le Russe n'existait pas, ce n'était
pas lui qu'ils allaient affaiblir, c'est eux qu'ils allaient
renforcer. Ils s'impatientèrent et il leur semblait que
jamais la journée ne finirait, la matinée passée il y eut les

heures interminables entre midi et deux, l'entracte superflu, puis les deux heures de SVT, et enfin, enfin ! La sonnerie retentit, comme un clairon. En avant ! En avant !

Cela eut lieu dans une cave, évidemment. C'était leur premier lynchage et ils furent maladroits, au début. Les filles, surtout, qui ne savaient comment participer. Il y eut des rires gênés et des hésitations. Tandis que le Russe attendait, assis contre le mur, les mains attachées dans le dos à un manche à balai, ils sortirent les bières et burent longuement, pour libérer leur pudeur et leur imagination, c'était une fête après tout, et qu'est-ce qu'une fête sans alcool ? Ils se mirent à rire, se regardant les uns les autres plus qu'ils ne regardaient le Russe, et leurs rires vacillaient, ils n'avaient pas quatorze ans, pris entre une enfance attardée et une adolescence en bourgeons, ils étaient où, exactement ? Nulle part. Toujours trop petits ou trop grands, partout où ils passaient. Mal à l'aise chez eux. Désorientés tout seuls. Mais là, dans cette cave qui sentait la pisse et le produit contre les cafards, l'humidité épaisse et le carton mouillé, la bière faisait jaillir la joie. Les filles restaient encore entre elles, tripotant leurs bracelets brésiliens et buvant plus que les garçons. L'un d'eux, en vacillant, pissa longuement sur le Russe. À la vérité, il n'avait pas prévu de faire cela, la bière lui avait donné ce besoin pressant et il s'était tourné vers le mur en pensant que pisser dans un lieu clos était en soi un affranchissement. Puis il avait vu le Russe, posé là comme un sac, un énorme sac à patates, et ça avait été amusant de lui pisser dessus comme sur de la neige ou du sable. Sans le savoir, il venait d'ouvrir le bal.

C'est déjà fini, se répète l'enfant, c'est déjà fini. Mais ça ne finit pas. C'est la nuit mais il n'y a ni étoile ni lune, juste une force d'attraction terrible, une chute interminable. Il n'a aucun repère. Est-ce lui ce type sans slip qu'on force à ramper dans le vomi ? On le filme et il ferme les yeux, comme si ne pas regarder le téléphone portable le soustrayait à l'appareil. Mais la vidéo à peine finie est postée sur Facebook. Est-ce à lui, cette douleur en bas des reins ? Il reconnaît ses propres cris et sa morve coule dans sa bouche. On ouvre sa peau, on la déchire lentement, maladroitement, une capsule s'enfonce en vrille dans sa chair, qu'est-ce qu'ils inscrivent ? Je ne le verrai jamais, il pense. Comme un veau. Une bête à l'abattoir qui ne comprend pas ce que le fer a marqué. Je suis un petit veau. Étrangement, cette pensée le soulage un peu, il est à part, on l'a capturé et il ne peut se défendre, ce n'est pas une soumission, c'est une acceptation. La vie, c'est cela *aussi*. Cette fille qui crie « Enfonce-

lui ! enfonce-lui ! », elle a une voix trop aiguë, il semblerait qu'elle va en mourir, elle en mourra un jour et elle ne
le sait pas. Cette autre qui applaudit en dansant, ce garçon qui l'insulte sans reprendre son souffle, et celui qui
approche un briquet de ses poils pubiens, tous soudain,
Enzo les voit comme ils ne se verront jamais. Et comme
ils sont pourtant. Ce moment de torture, ils le partagent
bien plus qu'ils ne le croient, chacun d'eux en souffrira,
et pour toujours. Cela surgira un jour, une minute, une
seconde peut-être, mais *cela sera*. Pas besoin de vidéo
pour s'en souvenir, et plus ils utilisent le corps si vaste, si
flasque et soumis du Russe, plus ils captent à leur insu le
martyre d'Enzo Popov. Enzo décide de faire jaillir sa
douleur, qu'elle les éclabousse et les damne, et tous se
sentiront coupables sans le savoir jamais. Ils auront des
reflux gastriques, des migraines et des phobies, ils auront
des tics et des angoisses soudaines, ils aimeront des
femmes dont ils se détourneront sans comprendre pourquoi et ils fuiront la beauté de leurs fils, ils craindront la
sensualité et la délicatesse, ce seront des ricaneurs, des
sournois, des pervers narcissiques, des patrons colé-
riques, des amis inconstants et des mendiants. Ils atten-
dront quelque chose qui ne viendra jamais. Une émotion
qui toujours se dérobera. Une insouciance inatteignable.
En torturant Enzo, ils anéantissent toute chance de bonheur. Leur crime est une ombre qui toujours les accompa-
gnera. Ils ne le savent pas. C'est cela la grande punition.

Ne pas connaître la joie. La quiétude. Sans en savoir la raison. Vous êtes maudits, pense Enzo, et toujours vos repos, comme vos moments d'allégresse, seront empoisonnés par cet après-midi où mon sang se mêle à votre pisse. Je ne vous pardonnerai jamais.

Et l'enfant crie comme un goret, crie sa douleur et sa malédiction, alors on le bat, plus fort, partout, ensemble, on écrase des cigarettes sur sa peau, on le viole avec des objets, car ça n'est pas drôle, ces hurlements, c'est insupportable, Porc, sale porc, on l'insulte et on le hait maintenant, c'est un sentiment nouveau et éclatant qui excite et épuise, et il gueule toujours, il geint, le voilà qui pleure, supplie, et enfin s'écroule et se tait.

Une fille continue à le battre tandis qu'il est à terre, sa tête dodeline et ses yeux brûlent, son pied frappe le Russe énorme, se cogne à cette immonde chair flasque, elle cherche les os, elle voudrait frapper les côtes, la hanche, quelque chose de tangible, et elle s'épuise dans cette lutte.

Bientôt on n'entend plus dans la cave que les respirations lourdes des élèves en sueur et en colère aussi, car le Russe a participé au jeu bien plus que cela ne lui était autorisé, il les a soûlés avec ses gueulements, et ils sortent de la cave avec l'impression de s'être légitimement défendus. Ils sont fiers et fatigués comme le sont les vainqueurs. Ils se racontent l'exploit et vantent leur courage Puis chacun rentre chez soi. Ce sont des sportifs, des combattants, et ce qu'ils font en premier est de prendre une douche. Une longue douche chaude et puissante. Une fois la douche prise, les cheveux lavés, le corps parfumé, recouvert d'habits chics et bien repassés, ils vont goûter. Mais ils n'ont pas envie de goûter. Ils ont envie d'y retourner. Sous la douche. Se laver encore. Et ils ne comprennent pas pourquoi.

L'enfant était rentré chez lui sans reconnaître le chemin. La rue avait vieilli et le soleil était si haut qu'il semblait absent, détourné d'une ville vautrée dans sa crasse. Paris était une mégapole en travaux, des arbres malades, des embouteillages chauffés à blanc, des piétons en sueur. Derrière les volets, parfois, quelqu'un mourait.

Le grand appartement était vide. Silencieux. Les plantes crevaient lentement, et à travers les rideaux décolorés on pouvait voir la poussière danser dans les rais du soleil pâle. Dans le salon, les objets du monde entier semblaient attendre leur libération. L'appartement était cela. Un bric-à-brac. Un grand désordre riche. Demander à Liouba d'y faire le ménage était le summum de l'absurde. Nul ne pouvait nettoyer ni ranger cette incohérence des objets déracinés. L'enfant ressentit ce vertige quand il entra chez lui, qui n'était pas chez lui. Il avait un corps décuplé, qui existait partout, ses oreilles bourdonnaient, ses yeux étaient collés par la poussière, sa bouche amère n'était plus sa bouche mais un égout, lui, une gargouille pleine d'eaux lourdes, une grosse vache, une grosse pédale, Arrête, arrête mon petit, tout doux, mon Dieu, comment pouvait-il entendre encore ces voix anciennes, et comme la salle de bains était loin, son corps irradiait la douleur, on aurait dit qu'il s'était tordu sur des clous, des éclats de verre. Mais c'était simplement les autres. Tout doux mon petit, disait la voix lointaine à l'enfant qui avait vu tant de choses et n'en revenait pas. Ébahi. Étonné. Tellement étonné. Il lava son corps sans oser le regarder, ne savait s'il fallait le savonner ou le désinfecter, mettre des pansements, prendre un médicament, mais quoi, comment se laver, comment se laver, comment se laver, calme petiot, calme... Il voulait et ne voulait pas écouter la voix. Il voulait sa douceur et craignait d'y céder car s'il commençait à pleurer maintenant... Frotte, nettoie, rince, essuie, redresse-toi, redresse-toi, bon Dieu, tu peux le faire, voilà c'est bien, c'est bientôt fini, ça n'est pas loin, tu y vas, tu fermes la porte et c'est tout. Il parvint à nettoyer son vaste corps bleui et entamé qui avait appartenu à d'autres, qu'on lui avait pris et rendu, comme ça, à moitié dévoré, lapidé, dégueulasse, il était seul à présent avec ce corps abîmé jusqu'à l'intérieur, là où personne ne le voyait mais où ils avaient fouillé. L'intérieur de l'intérieur, le caché, le dedans rien qu'à soi, le dedans chaud,

37 degrés, la mystérieuse et étonnante mécanique corpo-
relle, Enzo était déglingué, les vautours lui avaient dévoré
le foie, le cœur, les entrailles, le cul, les couilles, des mots
pourris pour dire de quoi il était fait, un cul des couilles
des poils, rien que cela, du malpropre, du brut, du pareil
pour tous, un cul des couilles et sa bite, et tout ce qu'on
pouvait en faire, et maintenant qu'on lui avait tout rendu,
comment se réconcilier, comment se remettre dans
l'ordre, et oublier. Il ne le savait pas.

Il se coucha dans la chambre débarras, sa chambre
d'adolescent, et de fait il avait grandi, il n'avait plus
douze ans, mais quel âge avait-il ? Il se coucha et il
avait mal partout, sur le dos ou sur le côté c'était
pareil, ou pire, tout était pire, les épaules, les côtes, les
reins, les fesses, la poitrine, Dors mon petit,
abandonne-toi, il n'y a plus que ça à faire, abandonne,
abandonne, abandonne... Voilà.
C'est bien.

En cette fin de journée, la chambre débarras dont les
volets étaient clos baignait dans une faible obscurité qui
ne déclinait pas, et tandis que l'enfant dormait, le temps
fut suspendu. Il y avait dans cette latence un respect
solennel, on aurait dit que la vie, par égard pour le

217

martyre d'Enzo, retenait son souffle. Les heures passèrent différemment. Car cela n'avait plus d'importance. Car cela eût été ridicule : se demander l'heure qu'il était, le jour, le mois, l'année. C'était le temps de la souffrance. Celle qui habite et recouvre le monde avec constance, sans jamais dévier. Enzo entrait doucement dans la zone étale du sacrifice, la grande et mystérieuse violence. Il n'avait pas eu tort de se comparer à un jeune veau, il n'avait pas eu tort de se sentir lié à tout ce qui vit, il avait été une bête, il avait été un insecte, une araignée sous la chaussure, une plante arrachée, une arche démolie, un arbre incendié, il y avait eu sacrilège, et ça n'était pas la première fois que l'on profanait la vie.

Face au petit lit dans lequel le corps de l'enfant tentait de recouvrer un peu de force, secoué de frissons et de douleurs, la respiration arythmique, la gorge grognant par à-coups, tout ce corps en surpoids soudain en survie, face à l'enfant arraché à l'enfance, assis par terre et silencieux, le soldat blessé regardait. Il savait d'où Enzo revenait. Il connaissait la cruauté et l'irrémédiable fureur du monde. Et dans cette chambre sombre où les objets en désordre et les années mêlées étaient tenus ensemble, l'esprit du soldat rencontra celui de l'enfant. On aurait dit qu'au creux de sa main calleuse de biffin s'était posé un papillon. Il referma le poing.

Ce qui parvint à la conscience d'Enzo, lentement d'abord, puis avec une gêne de plus en plus forte, ce fut l'odeur. Elle était lourde, mélange d'ammoniaque, de merde, de moisi et de déchets. Cette odeur était un lieu, un règne. La puanteur partait du sol et flottait comme une musique, la tête tournait avant que l'on puisse distinguer de quoi elle était composée. Enzo sentit que ce qui l'entourait n'était ni la merde ni la souillure. Ce qui l'entourait, c'était la terre. Une terre grasse et mauvaise, comme si une eau empoisonnée avait nourri la glaise.

Il ouvrit les yeux et ne vit rien. Il demeura un instant dans l'odeur mi-humaine mi-tellurique, sans comprendre où il était, mais percevant des toux, de brefs jurons, des pets, des ronflements et de petits cris furtifs comme des rires nains. Une bougie était allumée, là-bas, au fond de l'obscurité terreuse, et Enzo, retenant une envie de vomir, fit l'effort d'habituer son regard au lieu sombre et puant. Ce qui vivait ici, au plus profond de la nuit, entassé, les visages des uns sur les ventres des autres, jambes emmêlées, épaules contre culs, pieds chaussés heurtant des fronts, des nez, des reins, peaux encroûtées, intestins malades, ce qui vivait dans le ventre de la terre, c'était des soldats.

Des soldats et des rats.

À la lueur si faible de la bougie, Enzo reconnut le soldat blessé de la chambre débarras, son regard étonné, sans secours. Sa fatigue immense. L'angoisse le tenait à la gorge, debout, droit devant la nuit qui ne se rendait pas. Il put lire nettement sa plaque d'identité: «Lucien Berthier.» Puis il fit cet effort terrible de s'approcher de lui, en pensée, poser sa main sur son épaule, être là, contre lui, que faire d'autre? Il faut dormir, lui dit-il. Avant que demain arrive. Dans la plaine. Derrière les bois clairsemés, les anciens champs de blé. Ferme les yeux, profite de ces heures brèves. Un peu d'innocence avant l'obéissance.

Le soldat baissa les paupières pour se glisser dans cette nuit commune où les autres aussi dormaient, et peut-être même les guetteurs debout dans les ténèbres soudain fléchissaient, et rêvaient, et dans ce court instant de repos commun, les hommes retrouvaient l'âge qu'ils avaient avant d'être des soldats.

Liouba se tenait assise au bord du lit en fer, elle avait toujours fait comme ça quand son gosse était malade : laisser le corps combattre, ne pas déranger cette lutte à l'intérieur. Elle savait ce qui s'était passé, parce qu'*elle le reconnaissait*. Tout était inscrit en elle, ses souvenirs, pour toujours. Elle posa la main sur le front fiévreux de l'enfant. À quoi rêvait-il ? Que pouvait-elle faire pour lui ? À part le veiller ? Elle voulut lui chanter cette chanson qu'elle lui chantait quand il était bébé, mais l'émotion étouffait ses paroles. Alors elle la lui chanta intérieurement, persuadée qu'il l'entendrait : « Ferme tes jolis yeux, au doux pays du rêve, au pays merveilleux, ferme tes jolis yeux. » Une berceuse ancienne, venue des siècles précédents, des mères précédentes, toutes nos nuits inquiètes, la peur du sortilège et le désir suppliant que le malheur évite nos berceaux, aille se poser ailleurs. Mais ailleurs est si proche.

Cela commença doucement. Comme toutes les véritables catastrophes. Ce ne furent au début que d'infimes cognements contre l'abri de terre, un remuement léger. Qui ne cessait pas. Et comme d'un sablier, la terre s'écoulait du plafond en chute fine. On aurait pu croire à un peu de poudre déposée sur les soldats endormis. Cela se distillait distraitement, sans but. Puis cela cogna. La terre tomba plus fort, par paquets. Les rats d'instinct filèrent dans les recoins. Les bouteillons, les gamelles et les casques faisaient d'étranges bruits de cuisine. On s'affairait. On aurait dit qu'un géant tenait la terre dans ses mains et doucement la remuait. À l'intérieur les hommes étaient éveillés, debout, empêtrés les uns dans les autres, comme ils l'avaient été dans le sommeil. Une part d'eux revenait à la guerre, l'autre se gardait, engourdie et molle, du côté du repos. Une voix invisible criait : Alerte ! Enzo vit les soldats prendre leur fusil, mettre leur casque, s'insulter un peu, élever la voix pour entendre leur présence dans ce gouffre qui tremblait. L'air se raréfiait et l'eau commença à s'infiltrer dans les parois du gourbi, la pluie accompagnait l'attaque. Lucien tenait son fusil contre lui comme un bras ami, son regard était plein d'une grande frayeur, frayeur de tout ce qu'il connaissait et de tout ce qu'il avait peur de découvrir. Un pan de terre molle s'écroula au fond de l'abri. Il faisait chaud. Et il faisait froid. Il pleuvait dans la terre. Et soudain, dans un grand embarras, se cognant les uns aux autres, se donnant malgré eux des coups de fusil et de botte, les gamins en uniforme montèrent dans la tranchée. Ils ne pensaient à rien. Ils étaient vivants. Bientôt morts. Ils n'y pensaient pas. Arrivés à l'air libre ils respiraient mieux et pourtant. La pluie sur chaque casque résonnait et les isolait, leur capote s'imprégnait de cette eau glacée, leurs mains mouillées sur les fusils, les deux pieds dans la boue qui les faisait tanguer et tomber ridiculement. Il y avait, sur la grande plaine entre les deux lignes, les autres passés avant, crevés tout seuls. Pas comme eux. Vivants et capables de râler. Et la pluie s'en fout, elle tombe et on ne l'entend pas tomber, le fracas de l'artillerie la rend silencieuse comme des larmes. Lucien regardait le ciel presque blanc, il ne savait plus d'où naissait le feu, les fusées avec le grand jour surgissaient par éclats, découvrant les formes des soldats morts qui encombraient, puis elles retombaient et la nuit avec, un grand ciel noir qui tremble et ça là qu'il va falloir aller.

Ils y allèrent. En courant. En hurlant. Droit devant, ainsi qu'ils devaient le faire. Ils grimpèrent et sortirent de la terre pour entrer dans la guerre, quelques mètres que des stratèges, qui à cette heure-là dormaient, avaient décidé de conquérir. Ils y allèrent, les yeux maintenant tout à fait agrandis, et plus rien ne les rattachait au monde du sommeil. Ils hurlaient dans la nuit. Glissaient. Tombaient. Se relevaient. Gueulaient encore, des cris qu'eux-mêmes n'entendaient pas dans le fracas miaulant et éclatant du combat. Un seul d'entre eux, fin comme une liane, ne les rejoignit pas. À peine le buste levé, la tête hors de la tranchée, il reçut une balle en plein front et simplement regarda à droite, à gauche, cette tranchée dans laquelle il était soudain tout seul, puis son front se posa contre le rebord du parapet, et lentement son corps mince glissa le long de la boue, se recroquevilla avec une douceur étrange, et il resta ainsi, un si petit soldat sur qui la pluie s'infiltrait. Il était mort sans combattre et déjà il encombrait la tranchée vers laquelle des soldats revenaient en courant, tombant sur lui sans le voir.

Enzo suivait Lucien, qui rampait dans la plaine détrempée, et tout autour de lui, le grand fracas des hommes qui tuent, des hommes qui meurent, qui tuent puis meurent, et le pire peut-être est de n'être ni l'un ni l'autre. Le pire est cet homme courant toujours avant de comprendre qu'il court sur deux moignons, puis chute, les bras en croix, et se vide par les chevilles d'un sang trop généreux. Enzo le vit, qui ne parvenait pas à mourir, et mieux valait le bruit puissant du marmitage que le silence dans lequel on entendait les soldats supplier.

Au matin, la conscience revint. Il pleuvait toujours, et on entendait la pluie. Elle tombait sur les casques, les arbres sans écorce, les hommes sans peau, elle tombait sur les pierres, elle tombait sur elle-même, et l'on voyait à travers la brume la mort qu'elle avait provoquée. Les trous d'obus étaient remplis d'eau, et dans cette eau par centaines des soldats s'étaient noyés.

Enzo découvrit l'horizon, par-delà la plaine, le petit bois, une église sans clocher, des fermes sans toit, une vie sans pitié. Le matin donnait à voir la couleur des uniformes bleus et gris, mélangés, accrochés pareillement aux barbelés, aux branches aiguës des arbres, des hommes soufflés, des hommes nus qui gisaient au milieu de morts plus anciens, comme si certains avaient plus d'expérience, les morts de la veille, ensevelis puis réapparus.

Enzo cherchait Lucien. Le vent soufflait et la pluie devint plus mauvaise, elle giflait les cadavres qui jonchaient la plaine, et déjà la prochaine fournée cheminait, les longues colonnes des soldats qui traversaient les villages, le bruit lourd de leurs pas sur les ponts.

Un oiseau chanta quelque part, invisible, bientôt d'autres chantèrent aussi, c'était le matin sur terre. Contre un tas de soldats morts pris dans une rafale de mitrailleuses et tombés en paquets, Lucien était adossé. À son front le sang avait coulé et séché, comme une fine cicatrice. Enzo le souleva et le porta contre lui. Il était mort, ses grands yeux ouverts, pris dans une peur paralysante. Enzo ne comprenait pas pourquoi il le portait ni où il l'emmenait, mais il l'emmenait, fuyant le nombre, les centaines, les milliers de soldats sans vie. Il marcha longtemps. Il marcha le long de champs abandonnés, de rues sans maisons, de soldats qui lavaient leur linge à la rivière, sous la pluie, d'autres qui recousaient leurs boutons, coupaient du bois, échangeaient des cigarettes, des photos, faisaient les gestes du quotidien, pour redevenir des hommes.

Enzo portait le soldat Berthier contre lui, il sentait l'humidité aigre et sa peau déjà se figeait, s'ombrait de jaune. Mais Lucien Berthier ne le savait pas. Que lui arrivait-il ? Pourquoi l'enfant le portait-il ? C'était l'enfant obèse qui occupait sa chambre, à Paris, le grand appartement du Palais-Royal où il avait grandi. Il n'avait jamais compris ce qu'il faisait dans sa propre chambre, attiré pourtant par ce gamin qui ouvrait les fenêtres la nuit et lisait tout le temps. Lui était un jeune homme calme, n'aimant rien d'autre que peindre, il venait de s'inscrire aux Beaux-Arts et une seule chose l'intéressait : l'exacte couleur de ce qui l'entourait. Il ne pouvait regarder un arbre ou un ciel sans penser aux numéros des tubes de peinture, et le dimanche il allait voir les tableaux du Louvre. *La Dentellière, Mademoiselle Rivière*, les *Sabines*. Ces femmes qui prenaient la lumière et portaient une part du monde. L'enfant obèse cachait des dessins sous son matelas, il l'avait vu, c'est pourquoi il lui avait demandé de l'aide, il en avait marre, oh tellement marre de cette guerre, quelle fatigue et quelle horreur, chaque jour elle grandissait, l'inimaginable horreur, Help, help, et Enzo portait le soldat qui ne voulait pas mourir et dont le corps déjà se raidissait.

L'enfant l'éloignait du front, de la mort en masse, des fosses communes, et des corvées de ramassage. Il l'emmenait vers un horizon plus large, dans une lumière qu'il aurait eu du plaisir à peindre, un peu d'indigo, de rose orange et d'émeraude, mais il sentait contre lui la lutte de Lucien Berthier qui ne voulait pas se rendre. Tu es mort depuis longtemps, lui dit Enzo, c'est de là que vient ta grande fatigue. Tu es un vieux mort. Tes parents t'ont pleuré et sont morts eux aussi, dans le grand appartement il y a ma mère, moi, et un couple de salauds. On va partir bientôt ma mère et moi, c'est sûr, on doit filer avant qu'elle saccage complètement cet endroit, et toi tu ne peux pas rester avec Farid-Michel et sa femme, ils ne te délivreront jamais, oh je n'ai jamais porté quelqu'un si longtemps, je n'ai jamais porté quelqu'un, je ne suis pas obèse, je suis en surpoids, tu te trompes, comme les autres, tu te trompes sur mon compte. Et surtout sur le tien. Tu es mort.

Il le posa à terre, sous un arbre qui avait des branches et des feuilles pâles qui tremblaient sous la pluie. Le vent y rendait un son plein. Lucien entendait le bruit du vent. Et les mots de l'enfant. Ainsi, sa mère était partie. Son père aussi. Et lui, depuis tant d'années, seul sur le tas des morts, c'était incompréhensible. Enzo allongea le soldat sous l'arbre et creusa sa tombe dans une terre brune, sur laquelle repousseraient les couleurs de plantes nouvelles et quelques coquelicots. Cela prit du temps, et ce temps fut nécessaire au soldat Berthier pour accepter sa mort, et partir. Tout seul. Loin de ce cauchemar.

Enzo était épuisé. Il transpirait et frissonnait. Il ferma les yeux et il lui sembla que Liouba posait sa main sur son front, sa main gercée qui sentait la javel. Elle était chaude, apaisante, et il s'endormit. Lucien et Enzo étaient allongés tous deux sous l'arbre et sous le vent. Pourquoi m'avoir choisi, lui demandait Enzo. Toi tu as l'habitude des morts, tu en as vu autant qu'il y a de feuilles dans cet arbre, et pourtant, quand ça a été ton tour, tu te croyais différent, est-ce qu'on est tout le temps différent ? Et tout seul ? Mon front est trempé. La main de ma mère sent la javel, ma mère sent les oignons, le tabac froid et la javel, je m'endors, je sais que je m'endors, help help je t'ai bien aidé, hein ? Tu m'entends encore ? Tu ne reviendras plus dans ma chambre et moi non plus, je n'y dormirai plus. La main de ma mère est gercée comme celles d'un soldat. Tu n'étais pas si lourd, mais difficile à porter, et moi, même monter à la corde lisse je n'y arrive pas, je n'ai pas de muscles, je suis trop mou, un véritable édredon je suis... c'est vrai... un véritable édredon...

Liouba resta ainsi, la main sur le front de son fils, tout le jour et toute la nuit, assise sur une chaise, entêtée comme un chien. Elle gardait son fils comme on garde une demeure. Sûre d'elle et sans questions. Il faisait moins froid dans la chambre, comme si le grand courant glacé avait quitté les lieux, et la nuit était douce, même si dehors le vent s'était levé et malmenait les peupliers de la cour. Ça n'était pas un vent hostile, de ceux qui portent l'orage et la foudre, c'était un vent vivant, la nuit respirait plus fort, tout simplement. Enzo parlait en dormant, des mots incompréhensibles, et Liouba se disait que c'était bon signe, la fièvre s'échappait avec le délire, il fallait que « ça sorte » et voilà tout. Et maintenant, l'appartement qu'elle ne nettoyait plus apparaissait différent, comme en jachère. Elle seule ne dormait pas, elle était d'une immobilité nouvelle et sans inquiétude. Pas besoin de médecin, pas besoin de se tourner les sangs et d'appeler à l'aide, non, help, help, ça n'était pas pour elle, elle savait s'occuper de son fils, qu'on lui fiche donc la paix, lui avait-on jamais fichu la paix ? Quand l'avait-on laissée tranquille ? Elle remonta un peu la couverture sur les épaules d'Enzo et se mit à penser à ça. Le temps de l'innocence qui avait été le sien, dans cette vie.

Quand Enzo ouvrit les yeux, il n'y avait plus aucun bruit. Le vent s'était tu. La guerre semblait loin. Il se demanda s'il était mort, lui aussi. S'il était arrivé au royaume des morts. Où était la réalité ? Le rêve ? Le jour ? Il y avait un homme agenouillé près de la tombe de Lucien. Était-il réel ? Il paraissait si vieux et d'un autre temps. Et si par bonheur Enzo était vivant, est-ce que ça allait être comme cela, maintenant : il verrait des fantômes, il entendrait des voix et verrait des spectres ? L'homme se tourna vers Enzo, son regard était plein d'une ironie sans illusion. Désignant la petite croix sur la tombe de Lucien, il dit à l'enfant :

— Tu n'avais mis ni nom, ni croix, un soldat a toujours un nom et une croix, parfois même il n'a plus que ça. On enterre un nom... car où sont les corps ?

Enzo n'aimait pas cet homme, un intrus sans politesse ni douceur.

— Votre croix est mal faite, lui dit-il.

– Comment ça ? Est-ce que tu es fou ?

– Je suis peut-être fou, je suis sûrement en train de le devenir, mais une croix à trois branches…

– Tu ne t'es jamais demandé où le Christ posait ses pieds ? C'est la croix réglementaire, chez nous.

Enzo le regardait et il lui semblait que l'homme était fait d'une multitude d'autres hommes, il portait plus de vies que la sienne, et sa voix avait la méchanceté sourde des êtres sans bonheur.

– Le Christ était entouré de deux larrons, on t'a appris ça ?

– C'est dans les livres et je l'ai lu, qu'est-ce que vous croyez ?

– Le côté de la planche qui penche vers le sol, c'est le mauvais larron, celui qui ira aux enfers. Le côté qui monte vers le ciel, c'est le bon larron. C'est comme ça chez les orthodoxes.

Enzo regarda la croix. Le nom de Lucien Berthier. Il sentit le calme précaire de ce matin, comme si tout autour s'était planquée la menace et qu'elle n'attendait qu'un signal pour vous sauter dessus.

– Lucien était peut-être catholique. Je le connais très bien. Je connais son appartement, sa chambre, et je dors même dans son lit, alors vous voyez…

– Je ne fais pas les croix catholiques. Je suis russe.

– Pourquoi ?

– Pourquoi je suis russe ?

– Non, pourquoi vous venez me dire ça, à moi ?

– Parce que c'est ce que tu attends, non ? Et c'est sa façon à lui de te remercier. Après tout, même sans croix et sans nom, tu l'as enterré.

Enzo regarda l'homme et il eut envie de se réveiller. Ou s'il ne dormait pas, de s'enfuir. Il voulait retrouver le temps d'avant, oui, même le terrible temps ponctué de lundis matin, la certitude de la tristesse et la tyrannie ordinaire. Tout ce qui était connu. Et lui appartenait.

– Vous êtes un soldat russe ?

L'homme mordit ses lèvres. Regarda méchamment au loin. Enzo trouva sa pomme d'Adam énorme quand il déglutit.

– Moi ? Je suis le mauvais larron.

Et après un bref signe de croix devant la tombe, il partit dans le soleil froid. Enzo le regarda marcher, son pas lourd, sa silhouette puissante, le bas de son manteau qui remuait. Il regarda le nom du Français sur la croix orthodoxe, et il ressentit la terrible solitude de chacun. Le Russe avait disparu. Enzo n'eut qu'à suivre ses pas dans la terre toujours fraîche. Il était assis sur une pierre et taillait des croix de bois avec son couteau.

– Vous, vous ne respectez rien, lui dit Enzo. Ni les croix, ni les promesses.

– Je t'ai fait une promesse ?

– Pas à moi. Mais le soldat Berthier, vous lui avez juré de venir me voir. C'est pour lui que vous êtes là.

– Si tu savais le nombre de promesses que les agonisants pressent les vivants de tenir, les destins gâchés, les vies fichues en l'air parce qu'on a voulu respecter les dernières volontés d'un brave type !

Enzo regardait les mains épaisses de l'homme qui taillait des croix avec une application pleine de rage, comme si au lieu de creuser le bois il avait entaillé autre chose, de plus vivant et qui ne se rendait pas.

– Vous faites ça tout le temps, des croix de bois ?

– Tout le temps.

– Pourquoi ?

– Parce qu'il n'y en aura jamais assez.

– On ne peut pas faire des croix et être le mauvais larron. Faire des croix et être en enfer, franchement… Vous êtes… en enfer ?

Pour la première fois l'homme sourit. Brièvement. Un sourire juvénile et terriblement désabusé.

– Et toi, Enzo, est-ce que tu es en enfer ?

– Moi, j'ai la fièvre et je suis… je suis fatigué. C'est fou ce que je suis fatigué.

Il sait mon prénom, se dit l'enfant, et cette pensée l'émut au-delà de tout. Le gouffre était tout près.

– Vous vous appelez comment ?

– André Popov.

– Vous n'êtes pas champion de natation ? ou… spé-
cialiste des orages ?

L'homme rit. Son couteau dérapa, lui blessa le doigt. Il
le porta à sa bouche tout en continuant de rire. Puis son
visage devint gris, comme si un nuage s'était plaqué dessus. Il se mit à tousser, tousser à s'en plier le corps, et de
gris il devint rouge, haletant, et il cracha un peu de sang
sur les croix à trois branches. Cela dura un temps infini.
Jusqu'à ce que le soleil se couche. Jusqu'à ce que les
pierres en aient assez de renvoyer l'écho de cette toux.
C'était insupportable à entendre. Et à voir. Le visage de
l'homme ruisselait de sueur et de larmes. Il était répu-
gnant et attirant. Et quand le soleil fut remplacé au ciel
par des milliers d'étoiles, l'homme demanda à Enzo de
s'asseoir près de lui. Car il allait lui dire. La vérité. Si elle
existe, il la lui dirait. L'enfant s'assit à ses côtés.

– Je m'appelle André Popov, et puisque c'est cela qui
t'intéresse, je vais te raconter comment on devient un
salaud. Un vrai. De ceux que l'on maudit sa vie entière.
De ceux qu'il ne faut pas croiser. Le cauchemar des
mères et des épouses. Tu veux savoir d'où tu viens,
Enzo ? La vase, la boue, les tranchées… la guerre c'est le
sol sur lequel on tombe et toi tu cherches un héros.
Parce que tous les pères absents le sont. Mais maintenant tu m'as trouvé. Le père du père du père de ta mère.

Tu veux un peu de sang russe ? Je vais t'en donner. Beaucoup de sang et beaucoup de russe. Quant à l'héroïsme… ça n'existe pas. Pas si on vit longtemps. L'héroïsme se pose sur les vies brèves, les destins fulgurants. Et moi, qui ne suis pas mort à la guerre. Moi qui l'aurais tant voulu. Je suis vieux. Je suis mort. Je suis ton arrière-arrière-grand-père. Et jamais tu n'en seras fier. Voilà pourquoi les promesses tenues sur les tombes sont les plus mauvaises. Voilà pourquoi j'ai voulu te fuir. Mais tu m'as suivi et c'est tant pis pour toi.

La nuit s'éclaircissait, la lune était pleine et plus puissante qu'un soleil. L'enfant n'avait plus peur. Il pensa que la lumière est le premier lien entre l'homme et l'univers, et que l'histoire d'André serait le premier lien entre Liouba et son passé. Elle aimait que son fils lui raconte des histoires, et aussi terrible soit-elle, il allait écouter celle-là et la lui rapporter.

— Je vous écoute, dit-il au vieux soldat, et la lune, il le vit, fit un demi-tour sur elle-même, valsa un peu dans le ciel immense, la nuit bousculée.

Les Russes sont très forts pour palabrer pendant des heures, à ne plus savoir ce qu'ils disent. Je vais essayer de ne pas être trop russe. Les Popov, si c'est ça qui t'intéresse, viennent de Moscou, je viens de Moscou, couverte de boue et d'églises, pleine d'ouvriers et de mendiants, d'intellectuels et de faux prophètes. Je travaillais dans une usine de tissu, j'étais affecté à la teinture, je mettais des couleurs sur ce qui n'en avait pas, un travail de miséreux. Je suis entré très jeune dans cette usine, à ton âge, mes parents eux ne supportaient la vie qu'embrumée par l'alcool. On était au service des autres, ceux qui avaient l'argent. Pour supporter on avait le choix entre boire et prier. J'ai prié. Je prie encore, du fond de mon enfer. Je n'ai aucune espérance, je prie parce que j'aime les mots qu'on adresse à la Vierge, oui, je prie la Vierge, Dieu me fait peur, Il est pour les puissants, mais la Vierge, c'est pour les sans-grade, elle t'ouvre les bras et tu peux chialer dans son giron, elle est là, tout le temps. Tu en connais beaucoup toi, des femmes qui sont là tout le temps ?

Quand la guerre a commencé, j'étais trop jeune pour la faire, et Dieu sait si l'armée russe aime les enfants, elle prend même les femmes, « le grand réservoir », c'est comme ça qu'on s'appelait en 1914, y avait qu'à piocher dedans. Je me suis engagé à seize ans, en 1916. Je suis né avec le grand siècle des massacres.

C'est la guerre qui m'a amené en France. Dans le premier régiment de la première brigade. Soixante jours de bateau et Marseille. On a débarqué avec nos uniformes d'hiver, et il a fallu défiler dans les rues, comme des animaux exotiques qu'on était, avec Michka, notre mascotte, une oursonne qui crevait de chaud elle aussi et marchait sur deux pattes, comme nous. Les femmes nous lançaient des fleurs, les journalistes nous suivaient : les soldats russes qui allaient sauver la France. La vérité c'est qu'on nous a échangés contre des vieux fusils et c'est tout, et pour nos officiers on était des serfs qu'on pouvait battre et affamer, massacrer à coups de botte dans la gueule, des objets utiles, comme ils disaient. Ces officiers qu'on appelait « Votre Noblesse », je les détestais, mais j'aimais mon pays, je l'aimais autant que la Vierge Marie et j'aurais fait n'importe quoi pour le défendre, si tu ne comprends pas ça, je ne pourrais pas te dire comment je suis devenu le salaud que je suis, un salaud russe devenu français et ayant engendré des générations de Français.

Après Marseille on nous a transférés en Champagne... Mourir en buvant du champagne, comme le grand Tchekhov. C'est bien l'innocence, ça fait des armées de bons soldats, qu'est-ce qu'on était naïfs ! Au camp de Mailly on nous a formés, et puis bien sûr un jour, on nous a envoyés au front. Le grand réservoir. Ouvrez les vannes ! On y est allés, la rage au cœur, pour la patrie. À la guerre on est là pour crever les autres et crever à notre tour, mais le pire Enzo, c'est qu'on finit par ne plus y penser. On boit de la mauvaise gnôle, on a faim, on est épuisés, fatiguer le soldat est la véritable formation du héros. On ne pensait plus à rien, on tuait tant qu'on pouvait et on enterrait nos morts si on pouvait. On continuait à dire les prières, à poser des fleurs sur les cadavres, bizarre qu'il y ait encore des gestes de respect. Et puis il y a eu ce type qui annonçait la fin de la guerre et l'offensive qui porte son nom Nivelle et ça c'est marqué dans les livres : « 16 avril 1917. » Dans les livres ils ont écrit la date inaugurale et son nom à lui, mais pas ceux de tous les hommes qui y sont allés, ça aurait pris trop de place. 200 000 morts en deux mois. Après trois jours de combats on avait gagné 500 mètres. Puis on les a perdus.

Du Chemin des Dames – joli nom, très français –, il y a une chose que je n'oublie pas. Quand le jour s'est levé et qu'on s'est retranchés, il pleuvait, et entre les lignes allemandes et les nôtres, il y avait ces chevaux qui mouraient. Et ils gueulaient… On aurait dit qu'ils nous maudissaient, et aussi qu'ils allaient jamais cesser de gueuler, qu'ils allaient jamais choisir entre la vie et la mort. J'ai prié pour les chevaux. Pas pour leur demander pardon, mais pour qu'ils crèvent et nous laissent en paix. Finalement un de nos gars a marché sous la pluie dans le no man's land à découvert et sans ramper, et les types en face ont fait comme nous, ils l'ont regardé et ils l'ont laissé abattre les bêtes. Tu parles qu'eux aussi ils en pouvaient plus de ces gueulements, eux aussi se bouchaient les oreilles. Le soldat savait ce qu'il faisait en revenant vers nous, il savait que lorsqu'il aurait tourné le dos, ce serait lui qu'on abattrait. Une fois crevés, les chevaux ont pourri. On prenait ça en pleine tronche, pire que les gaz asphyxiants, de la charogne à l'état pur, ça donnait envie de sortir de la tranchée et de courir, mourir peut-être, mais loin de cette puanteur. Voilà. C'est tout ce dont je me souviens de l'offensive Nivelle. Et ce que je sais aussi, c'est qu'après cette offensive, la guerre n'a plus été la même.

Liouba ne dormait pas. La fièvre d'Enzo baissait enfin. Elle avait changé vingt fois peut-être le gant de toilette humide sur son front. Au pied du lit elle avait posé une bassine d'eau froide pour y tremper le gant. Elle aimait faire ce geste régulier. Son esprit s'évadait. Elle entendait son père chanter la chanson sur le p'tit grain de fantaisie et tout ce qui était sa vie revenait vers elle, comme des bandes de brouillard surgissant dans les phares des voitures la nuit. Son père conduisait pieds nus quand les trajets étaient longs, il disait que ça le chatouillait et le maintenait éveillé. Chanter, il faisait ça tout le temps, et pas seulement en conduisant. Les chansons étaient toutes françaises, pas un mot de russe, jamais, hormis leurs prénoms. Lui s'appelait Alexi. Ils sont dans la voiture la nuit, et le brouillard qui vient vers eux meurt dans la lumière des phares, et puis revient, et meurt encore, la route est noire et blanche.

Enzo poussa un soupir si profond que Liouba sursauta. Sait-on jamais où s'en vont les gens qui dorment ?

Dès que je te raconte mes souvenirs, Enzo, ils se déforment. On a tellement de mal à comprendre ce qu'on a été, tu verras, ça t'arrivera à toi aussi, un jour tu te diras « c'était moi, ce gros garçon tout seul avec sa mère ? », je parie que tu te demandes déjà comment tu as fait pour supporter les foyers et tous ces déménagements, moi je vais te dire pourquoi on supporte la vie : c'est parce qu'on ne sait pas qu'autre chose est possible. On pense que la vie c'est une grosse machine dans laquelle on est mis tous ensemble et c'est tout. Alors on trouve que c'est une terrible injustice de se sentir si seul pendant que les autres se marrent, mais les autres font semblant et on ne le sait pas.

J'avais un ami. Un garçon qui s'appelait Iouri, et que j'avais rencontré sur le bateau. Je l'ai vu et j'ai compris tout ce qui m'avait manqué dans la vie. Je l'ai vu et je me suis senti à ma place pour la première fois dans cette vie qui perdait tout son sens. Il s'appelait Iouri Lazarevski, et je l'aimais c'est tout. Me demande pas pourquoi, je ne sais pas. C'est la seule personne pour qui j'avais peur. Un jour, Iouri et tous les autres avec moi dans les tranchées de Champagne, on a compris qu'une autre vie était possible. Certains, ça les a rendus fous, l'espoir leur a fait perdre la raison. Le peuple se réjouit, et sa joie est un suicide. En avril 1917, juste avant l'offensive Nivelle, on a appris que notre mère patrie était débarrassée du tsar et que nous étions libres. On était si loin de chez nous, avec les blessés et les morts par milliers, et les gars qui reviennent des hôpitaux nous disent cette chose inouïe : c'est la révolution en Russie. Est-ce qu'on peut imaginer ça ? La Révolution ! Svoboda ! Liberté ! Iouri a écrit ça sur un grand drapeau rouge qu'il a baladé dans le camp, suivi par des soldats qui chantaient *L'Internationale* en chialant. Il trimballait son drapeau et son patriotisme, et je savais que tous ceux qui le suivaient seraient des hommes trahis par leurs espérances.

Je ne t'ai rien dit de vrai sur mes parents. Deux alcooliques à Moscou, ça ne raconte rien, la vie des gens, c'est les détails. Des soumissions ou des refus, un rire, un élan de tendresse ou beaucoup de dégoût. Ma mère s'appelait Marina et elle a sûrement été une petite fille qui racontait des secrets à un bout de chiffon, et c'est ça que j'aimerais connaître, ce moment où elle a rêvé, même un tout petit rêve, banal et ridicule. Mais qui lui ressemble. Personne n'est fait pour être analphabète et alcoolique. Je n'étais pas le seul à avoir grandi dans la misère, et le mot « Liberté » il voulait dire aussi : Vengeance ! Rêve ! Mais comment pouvait-on rêver, à la guerre ? On était redevenus des mômes, le drapeau rouge était notre poupée de chiffon, et ce chiffon a pris feu et a enflammé la Russie. Je savais que c'était une folie, je le savais au plus profond de moi, il fallait continuer à lutter contre les Allemands, alors on se hurlait dessus, on se battait dans le campement, les rouges d'un côté, les loyalistes de l'autre. Tout ça ne servait à rien, ils se sont mis à créer des soviets, et bla-bla-bla, le jour, la nuit, chacun savait exactement ce qu'il fallait faire pour la mère patrie, chacun avait son opinion et surtout la frousse terrible que les terres soient distribuées là-bas, pendant qu'on était exilés ici, à mourir pour la bourgeoisie française.

Au printemps 1917, les soldats se sont mutinés. Les Français, les Anglais. Et les Russes aussi, et pas seulement en France, sur le front russe ils ont cessé de se battre pour fraterniser avec les Allemands, comme une usine qui débraye, mais après tout ce qu'on avait

LA NUIT EN VÉRITÉ

souffert, tout ce en quoi on avait cru... Les autorités françaises ont fusillé quelques mutins et puis elles ont trouvé que ça allait comme ça, les Russes avec leurs comités, leurs drapeaux rouges et l'insoumission, ils ont pensé qu'on allait contaminer tout le monde, hein, leur saper le moral et donner le mauvais exemple. On voulait rentrer en Russie ? Mais la Russie ne voulait pas de nous. Alors on nous a envoyés, plus de 10 000 qu'on était, avec nos chevaux, nos officiers et nos fusils, dans la Creuse, oui, c'est là que le réservoir russe a fini la guerre. Le grand camp militaire de La Courtine, sur le plateau de Millevaches. Les généraux nous ont fait des discours, les popes nous ont dit des messes, moi je n'arrivais plus à écouter personne ni à prier en groupe, j'aurais voulu être seul, ce qui est le souhait le plus con qui soit pour un soldat... Parfois j'aidais aux champs, je n'avais jamais été paysan, mais guider un bœuf pour labourer la terre, c'était quelque chose de juste, et j'ai été heureux quand j'ai fait ça.

Au camp, on continuait à nous affamer et à nous faire des sermons et des menaces, mais ça nous empêchait pas de discuter jour et nuit et maintenant qu'on n'avait plus d'ennemis en face, on était devenus nos propres adversaires. Les rouges voulaient convaincre les loyalistes, les loyalistes détestaient les rouges, et ça,

246

les généraux français ont compris que pour eux, c'était tout bénef. Alors voilà, je suis devenu ce que je suis devenu. J'avais déjà fait beaucoup de choses que je n'aurais jamais imaginé faire. J'avais tué un homme en le regardant dans les yeux, j'en avais sûrement tué des centaines d'autres. Mais il y avait Iouri... Idéaliste, irréaliste, qui parlait comme un prophète. Je n'étais d'accord avec rien de ce qu'il disait. Rien. Pas un mot. À La Courtine, je me battais avec lui chaque soir, c'était comme un rite. Les autres venaient nous voir, ils nous encourageaient, prenaient des paris et bourraient leur pipe. Je tenais Iouri contre moi et je voulais le briser et qu'il se rende, qu'il soit à terre, à moi... Tous les deux on avait hâte que le soir arrive et qu'on se foute sur la gueule, qu'on s'agrippe, dans l'odeur familière de nos peaux, si proches, sa joue, son cou contre mes lèvres, je m'en souviens, là où le rasoir l'avait coupé, là où le soleil l'avait brûlé, et sa cicatrice sous l'œil droit. Peut-être qu'on jouait, sans savoir à quel point c'était dangereux, parce qu'à force de mettre tout notre amour dans la bagarre, c'était devenu de la haine et on ne le savait pas.

On ne pouvait plus vivre ensemble, les rouges et les blancs. En juillet, je suis sorti du camp, on était une centaine de loyalistes à rejoindre la 3e brigade, un peu plus loin, à Felletin. Le 16 septembre, sous les ordres des officiers, on a encerclé le camp. À l'aube, quand l'ultimatum a expiré, on a envoyé les premiers obus. À l'intérieur, les gars jouaient *La Marseillaise* et la *Marche funèbre* de Chopin. On a été beaucoup plus puissants que Chopin. On a tiré plus de 800 obus. Et si Iouri a hurlé, je ne l'ai pas entendu.

La suite, tu la devines. Je ne suis jamais rentré en Russie. La honte, c'est sournois. Tu ne baisses pas la tête. Tu ne te repens de rien. C'est comme un mauvais goût, une sale odeur qui te suit partout et puis te rattrape, et tu *es* ce mauvais goût, cette sale odeur, tu es comme rance, vieux à dix-sept ans, et tu survis pourtant. Pour garder la tête haute tu deviens hypocrite, et ça pourrit à l'intérieur, l'amour, la jeunesse, le rêve, tout ratatiné tu es, comme si tu manquais toujours de lumière. Enzo, sais-tu ce que c'est que de cesser d'aimer à dix-sept ans ? C'est vivre sans y être.

À La Courtine, les rouges qui n'avaient pas été tués ont été envoyés aux travaux forcés. Ils voulaient rentrer à Moscou, ils sont partis casser des cailloux dans les colonies françaises. Moi, je voulais mourir, la façon la plus simple était de demander à être renvoyé au front.

On m'a félicité, et je suis parti dans la Somme... Mais les balles m'évitaient. Mes blessures guérissaient. Je n'étais plus un homme et la guerre tue les hommes, pas les salauds, la guerre tue ce qui est innocent et brave. Je me suis engagé dans la Légion étrangère et je suis devenu français.

Et puis voilà, on vit. Ça n'est pas très difficile. Tu te lèves le matin, tu pisses et puis tu bois ton café, tu es vivant, et tu trompes ton monde. J'ai épousé une femme que je n'aimais pas, après ça je n'ai fait que mentir et c'est très simple vu que personne te demande jamais qui tu es, tout le monde se contente de ce que tu peux donner, la vie est un grand troc. J'ai fait deux enfants à une femme qui aimait mon accent et pensait que Raspoutine était le Diable. Elle vivait avec le mauvais larron et craignait un vieil escroc au nom effrayant, moi bien sûr je m'appelle André, alors... elle ne s'est pas méfiée.

Je le savais, dit simplement Liouba quand son fils se réveilla après trois jours de fièvre. Elle le regardait avec fierté, il avait combattu et le voilà qui émergeait, revenait à la réalité. Elle quitta la chambre. Ressentant soudain sa propre fatigue, elle alla s'allonger sur son lit, courbatue, légèrement migraineuse, sans doute avait-elle faim aussi, mais cette faim s'était muée en une vague nausée et la seule chose qu'elle désirait vraiment était dormir. Elle plongea dans un sommeil lourd. Elle n'était rien d'autre que ce sommeil.

Enzo avait mal partout. Chacun de ses membres, de ses muscles et toute sa peau irradiaient des pointes de feu, et le moindre mouvement entraînait une douleur nouvelle. Il s'étonna de son insouciance passée, quand tout se faisait sans conscience ni contrôle : s'étirer, s'asseoir, marcher, se tourner. Il était à présent un vieux jouet cassé et il ignorait s'il fallait lutter contre cette douleur, forcer les mouvements ou mettre son corps au repos. Il ressentit à quel point son corps était sous sa responsabilité et à quel point il lui était précieux. Jusquelà il n'avait fait que le maudire et tenter de l'oublier. À présent il savait qu'il n'était rien sans lui et qu'il lui fallait l'aimer comme son meilleur ami, celui avec qui il partagerait tout et avec qui on le mettrait en terre. Mon compagnon, pensa-t-il, et pour la première fois il lui parla. Il lui fit des caresses douces, partout où il avait mal : les genoux, les cuisses, les articulations, il les massa en petits cercles concentriques en murmurant des « pardon » et des « merci », et il sentit que la chaleur qui émanait de ses mains lui faisait du bien partout où elles passaient.

Il avait faim. Sortir du lit, prendre appui sur ses genoux, se relever. Tout était difficile. Et tout était confus, le lynchage, les cauchemars qui s'étaient ensuivis, la main de Liouba sur son front. Il quitta la chambre en regardant devant lui pour ne pas céder au vertige. La cuisine ne lui avait jamais paru aussi loin, peut-être l'était-elle, peut-être avant avait-il une conscience fausse de l'espace.

Nutella. Confiture. Céréales. Il ne pensait plus qu'à manger, lentement, consciencieusement. Il n'essuyait pas le lait qui lui coulait sur le menton, la confiture qui collait à ses doigts. Dehors un soleil métallique avait envahi le ciel noir, les nuages passaient en convois, et l'alternance de la chaleur et du froid donnait au jour une couleur incertaine. Enzo se sentait posé sur un matin flottant, la vie bougeait autour de lui, le mouvement continuait et il avait du mal à le suivre. Il regarda ses mains, l'un de ses doigts avait bleui et ne se pliait pas entièrement. Cela ne l'étonna pas. L'étonna la terre sous ses ongles, et il revit la cave. Les bracelets brésiliens que les filles tripotaient. L'odeur du produit contre les cafards et celle de la pisse, les cris, l'empressement et la peur. Est-ce que j'ai eu peur ? se demanda-t-il. Oh oui... Oui, j'ai eu peur. Il prit sa tête dans ses mains et pleura longuement, les larmes brûlaient ses yeux comme des poignées de sable. Il pleurait de ne plus rien y comprendre, de ne plus savoir qui il était et ce qu'il allait pouvoir faire de ce corps en charpie. Il ne retournerait jamais au collège, ah ça oui « c'est déjà fini », le lieu disparaissait puisqu'il décidait de ne plus jamais y retourner. Il se redressa, se moucha bruyamment dans sa serviette. Dehors il pleuvait à peine, une pluie étrangement fine pour un ciel si noir, un ciel de nuit en plein jour, et en lui, tout un monde à refaire. Sa mère avait gâché ses journées à briquer cet appartement uniquement pour qu'il aille au prestigieux collège, où il avait appris l'ignorance et la bêtise. Il lui avait menti, il l'avait trompée, et de cela aussi il voulait se débarrasser.

Avait-il été le pire des fils, en souhaitant être le meilleur ?
Si seulement Liouba avait pu regarder un tout petit peu
ailleurs, si parfois son regard s'était posé sur autre chose
que sur Enzo. Il comprit pourquoi elle avait amené les
types du samedi soir dans leur chambre, elle ne voulait
pas tant leur montrer son fils (« Il est beau, hein ? ») que
le regarder dormir.

Je ne suis pas seulement le Russe qui se fait lyncher, je
suis aussi le Russe qui se défend. Enzo regarda son visage
dans un petit miroir et lui parla comme il avait parlé à son
corps, avec respect et gratitude. Il avait un bleu sous l'œil
droit et les lèvres enflées, la pommette griffée. En nais-
sant, il avait sans doute eu la même tête, Liouba lui avait
dit combien l'accouchement avait été dur pour eux deux,
et les fers avaient marqué son visage et aussi l'intérieur de
sa mère. « Le genre d'accouchement où avant on demandait au mari de choisir entre sa femme et le bébé, tu vois
Enzo, on a eu de la chance qu'il n'y ait pas de mari et que
ça se passe au XXIᵉ siècle. Tu es né avec le siècle ! » Ou
peut-être que le siècle est né avec moi, se dit l'enfant, on
est arrivés ensemble, dans les mêmes souffrances, et on
est passés en force. Avant de quitter l'appartement il
éprouva le besoin de retourner dans la chambre débarras.
Regarder la place devenue si minuscule du soldat blessé,
ce tout petit espace qui lui restait maintenant et qui allait

se refermer encore, comme une cicatrice bientôt disparue.

Paris flottait dans ce ciel obstrué, la pluie avait cessé et l'air sentait le macadam et la poussière, la circulation était dense. Enzo comprit à quel point la ville était faite pour les bien-portants. Il avait beau traverser au vert, jamais il n'arrivait de l'autre côté de la rue à temps, le feu des piétons repassait au rouge et on le klaxonnait, parfois on l'insultait, et il se demanda si ces gens-là avaient jamais aidé quelqu'un à traverser la rue. Et si lui-même l'avait fait. Jamais. Il avait doublé. Il avait ignoré. Il n'avait pas vu. Les vieux. Les fatigués. Les distraits. Les amoureux. Tous ceux qui avaient l'esprit ailleurs. Tous ceux pour qui le temps était une chose personnelle. Et il aima être un des leurs. Parce que ceux-là *savaient*. La vie vous joue des tours. La vie vous malmène et vous surprend et c'est à vous plus vite que vous ne le croyez.

« Nous devons élever la voix pour défendre nos droits, notre personnalité humaine[1] ! » Ces mots résonnaient en Enzo comme une chanson apprise puis

---

1. Extrait d'un tract reçu par les soldats russes sur le front français en 1917 (*N.d.A.*).

oubliée, et qui revient soudain. La dignité, l'envie de
vivre, c'est ainsi qu'Enzo les aurait dites, s'il avait été
vraiment russe, mais l'était-il ? Il était un sang-mêlé, le
fruit d'étranges croisements, terres lointaines, bateaux,
fusils, charrues, avions, bagnoles, les hommes vont et
viennent et sèment des enfants comme des fleurs de pis-
senlit et débrouille-toi avec ça. Un jour on se retrouve
sur terre et on se demande vers qui se tourner. L'enfant
se dit que ce serait juste d'avouer à Liouba que son
arrière-grand-père était un salaud de Russe blanc qui
n'avait pas hésité à fusiller son seul amour. Un homme
perdu qui pleurait en enfer. Ça lui remettrait sûrement
les pieds sur terre, et des racines dessous, et elle qui
tanguait sur ses chaussures tordues pourrait enfin marcher pieds nus et revendiquer ses droits.

Mais ce jour-là c'était Enzo qui tanguait. Il boitait
et ne savait plus traverser une rue. Où vas-tu mon
enfant ? se demanda-t-il. Il allait le long de l'eau,
suivre le courant. Car c'était son combat à lui. Tenter
de marcher droit, le long des quais. Simplement. Marcher droit le long des quais.

Le *Concerto n° 23* de Mozart commençait comme sa vie, pensait Liouba en savonnant ses longues jambes maigres : les instruments s'entraînaient, c'était à qui mettrait le plus d'ambiance, ça donnait envie de plonger dans la rivière, de danser au soleil. Sur la pochette du CD elle lut « allegro-cadenza », et ça aurait pu nommer ses dix premières années. Mais parfois le piano jouait solo et ça n'annonçait plus rien de très allegro, le pianiste lançait de brefs avertissements et le morceau suivant, nommé « adagio », était celui que Madame mettait à fond les batteries, et qui vous glaçait le sang. Mozart devait savoir ce qui se cache derrière la joie, la façon dont la vie se fatigue et se ternit, et il lui sembla qu'« allegro-cadenza » signifiait en réalité « Dépêche-toi ça va tourner à l'orage ». Liouba éteignit le lecteur de CD. Plongea la tête sous l'eau. Elle avait envie d'un homme, un qui la caresserait longuement, ça n'arrivait pas si souvent, un qui lui ferait des compliments idiots et lui dirait « tu ne ressembles à personne ».

Son fils s'était levé, s'était lavé et nourri et avait filé sans mettre un seul petit mot, tant mieux. Elle n'avait pas trente ans, elle prenait un bain dans la salle de bains de Madame et elle avait envie d'un homme. Elle prit de la mousse au creux de ses mains et souffla dessus, « sels de la mer Morte », ça sentait drôlement bon. Enzo et elle allaient foutre le camp d'ici, elle n'avait plus rien à y faire, un hall de gare, un hôtel en pleine cambrousse, c'était quoi cet appartement ? Elle n'était arrivée à rien. Au lieu de brillants bulletins, son fils ramenait des beignes, ça ne l'étonnait pas vu comme il était devenu soupe au lait et incontrôlable, l'air de la mer ça le calmerait, c'était une bonne idée. Au bord de la mer on a toujours besoin de serveuses, de vendeuses de poissons, de cartes postales ou de gaufres, en fait elle se fichait du boulot qu'elle trouverait, du moment qu'il y avait l'horizon quelque part. Chaque soir regarder le coucher de soleil, ça devait vous changer la vie, et elle espérait qu'Enzo ne gâcherait pas tout avec ses connaissances d'astronomie et ses livres de Jules Verne. Elle lui dirait : Parfois un coucher de soleil est simplement un coucher de soleil, et ça lui clouerait le bec. Bon. Elle avait beaucoup d'autres choses à lui dire. Moins évidentes. Plus personnelles : Ma vie a commencé comme le premier morceau (elle se pencha sur le CD) « allegro-cadenza » du concerto de Mozart. Elle éclata de rire. Madame aurait été capable de parler comme ça. Mais elle, elle dirait à son fils… si c'était un moment bien sûr où il était de bonne humeur, disponible, et ne se goinfrant pas... Elle lui dirait... J'étais dans la voiture de mes parents, des gens amoureux l'un de l'autre, comment t'expliquer... un homme et une femme toujours surpris de se voir le matin, un truc plutôt joyeux qui faisait que mon père chantait tout le temps, ou sifflotait, ce qui était agaçant, mais pas toujours, et ne m'embrouille pas avec la Russie car il était français, au risque de te décevoir, pas de lutte finale et de grands espaces lointains. Je déteste les espaces lointains. Où j'en étais ? J'en étais à ce que je n'ai pas envie de te raconter. Mais si je veux être juste avec eux, tes grands-parents après tout, je dois te dire ce qui est arrivé et comment c'est arrivé. Je les ai vraiment cherchés et appelés sans cesse, cette nuit-là, mais j'avais dix ans et j'étais... comment te dire ? Ça n'était plus réel. Je croyais être si loin d'eux. Ils ne répondaient pas quand je les appelais et il faisait si noir. En réalité, ils étaient si proches que j'aurais pu les toucher. C'est ce que le docteur m'a expliqué. Le matin qui a suivi l'accident, ils nous ont ramassés tous les trois... on ne doit pas dire « ramassés »... enfin, il y a un mot pour dire ça, je ne m'en souviens plus. Maman n'est pas morte sur le coup, ça aussi le docteur me l'a dit, et même si elle ne pouvait pas répondre, elle entendait que je l'appelais. Je leur en ai voulu. Mon père conduisait pieds nus. En lui chantant des chansons d'amour. C'était des parents trop amoureux pour s'occuper d'un enfant, ils n'étaient pas faits pour avoir un enfant, pas du tout…

Et soudain, tout s'inversa. Liouba dans un bain mousse. Madame face à elle. Les yeux grands ouverts, ronds comme sa bouche : comment réagir à ce qu'elle voyait, elle ne savait pas, et si Liouba posa instantanément une main sur son sexe, voulant sortir aussitôt de la baignoire mais n'osant se montrer nue, Madame, elle, aurait souhaité dire quelque chose. Mais quoi ? Elle ressortit, plus désorientée dans sa propre maison qu'à l'autre bout de l'Atlantique, il fallait maîtriser la situation, elle se répétait cela comme un mantra. Liouba, le premier moment de honte et de stupeur passé, était étrangement calme. Madame, qui rentrait toujours dans sa chambre sans autorisation, l'avait vue telle qu'elle était : une femme qui prend soin d'elle. Nue dans un bain mousse, Mozart en stand-by. Et cette révélation de sa féminité à égalité avec celle de sa patronne l'étonna par sa terrible simplicité. Pour la première fois, elle se sentit russe. Elle avait pris la salle de bains de la patronne, elle partageait enfin l'appartement tentaculaire. Ça n'était pas la révolution, mais c'était une nouveauté dans cette vie absurde, un coup de cisaille dans le barbelé.

Monsieur les convoqua tous les deux, la mère et le fils, dans sa bibliothèque, les invitant à s'asseoir dans les fauteuils clubs, ce qu'ils prirent pour un signe amical, mais lui-même restant debout, ils s'aperçurent bien vite qu'ils devaient tenir la tête levée vers lui, comme deux gamins trop petits. Lui semblait immense, les deux mains enfoncées dans les poches, l'air soucieux, et Liouba sut d'instinct que c'était après elle qu'il en avait. Et de fait, il lui demanda d'expliquer l'état d'Enzo, le coquard sous l'œil, la lèvre fendue, les bras égratignés « et je vous fais grâce du torse ». Cette dernière remarque parut étrange à Liouba, comme si elle était allée au marché acheter du gibier « et je vous fais grâce du torse ». Elle avait la voix étonnamment enrouée quand elle lui dit :

— Il tient pas en place.
— Ce qui signifie ?
— Ben… c'est un garçon, quoi. Il a douze ans.
— Je ne comprends pas Lila, expliquez-vous.

261

– Je ne m'appelle pas Lila.

Farid-Michel tordit sa bouche, les yeux levés vers le plafond. Enzo passait sa main sur ses genoux, encore et encore, puis il dit très bas :

– Je t'ai menti, m'man… Il est pas si prestigieux que ça mon collège, en fait les élèves du premier arrondissement sont plutôt dans les collèges privés ou les pensions en Suisse, il y a vraiment pas les meilleurs ici, et je crois pas que je vais rester. C'est ce que je leur ai dit. Je leur ai dit que toi et moi on allait s'installer au bord de la mer. Ça leur a fait un sacré choc, surtout après cette bagarre à laquelle j'ai été mêlé. Des mecs de Saint-Denis sont venus à la sortie du collège et il y a eu une baston entre bandes. J'ai voulu défendre un gars qui sait pas se bagarrer. Lucien Berthier. Il sait mieux tenir un pinceau que donner un coup de poing crois-moi, et sans me vanter, sûr que sans moi… Enfin, il fallait que quelqu'un l'aide, et je l'ai fait. Mais maintenant je jette l'éponge, je retournerai pas dans ce collège. Et puis l'année scolaire est bientôt terminée…

Liouba ne fut pas surprise. Ni déçue. Elle regardait son fils et regrettait qu'il parle si bas devant le patron, comme s'il avait honte. Elle aurait aimé lui dire qu'elle avait pris un bain comme une dame et que ça n'était pas si difficile de changer de milieu : tu fais couler l'eau chaude sur la mousse et toi aussi tu es respectable. Elle posa sa main sur celle d'Enzo, pour qu'il cesse de se masser les genoux, et elle s'en voulut de ne pas avoir pensé à lui mettre de la glace, des petits pois congelés sur ses bleus, c'est ça qu'elle aurait dû faire. Le patron ne croyait pas un mot de ce que racontaient ces deux-là. Quelque chose d'autrement plus important qu'une bagarre entre adolescents s'était passé ici. Liouba dans la baignoire de Catherine-Cathy-Cath, le lit occupé dans le débarras et maintenant, le nom de famille de sa femme : Berthier. Ils avaient fouillé, avaient pris possession de la maison, Lila était à moitié idiote et sûrement maltraitante, allant jusqu'à refuser les visites chez un nutritionniste qu'il avait proposé pour son môme obèse.

— Vous comptez partir au bord de la mer, Baba ?

— Liouba.

— Vous nous auriez avertis, j'espère ?

— Comment j'aurais fait ?

— Vous étiez pressée, apparemment.

— Pour une fois que je bouge... Oui, je me sens pressée.

— Je n'y vois aucune objection, mais avant cela, je veux qu'Enzo voie un docteur, j'y tiens absolument. Le docteur Vergne est un ami à moi, je lui téléphone maintenant, il recevra Enzo très vite. Je m'occupe des dépassements d'honoraires.

Il était vraiment très grand, debout les mains dans les poches, tandis qu'eux-mêmes enfoncés dans ces fauteuils clubs étaient aspirés par la profondeur des sièges en cuir.

Enzo allait refuser la visite chez le médecin, il n'avait pas si mal que ça, il venait même de marcher depuis le pont des Arts jusqu'au Grand Palais, mais Monsieur lui passa la main dans les cheveux, avant de sortir son portable de sa poche.

Ni l'enfant ni sa mère ne souhaitaient entendre la conversation avec son ami, le bon docteur Vergne. Ils sortirent du bureau en se cognant maladroitement l'un à l'autre au moment de franchir le seuil.

Plus tard, Farid-Michel les rejoignit dans la cuisine. Il se tenait à la porte, comme un professeur devant une classe difficile, avec une supériorité qui le rendait potentiellement nuisible.

– Je peux vous enlever Enzo cinq minutes ?

Enzo suivit Monsieur avec le pas un peu raide qu'il avait depuis le lynchage, un léger déhanchement. On aurait dit qu'il ne savait plus sur quel pied danser.

Farid-Michel s'assit face à lui et le regarda droit dans les yeux. Il avait ce sourire des hommes politiques qui vont annoncer une mauvaise nouvelle, l'air paternaliste de celui qui confond morale et tendresse. Enzo lui tourna le dos pour regarder les livres dans la bibliothèque. Il y avait le monde entier là-dedans, et tant d'auteurs dont il ne connaissait pas le nom, quelle merveille, une vie n'y suffirait pas. Il ne savait pas grand-chose, mais cela au moins était une certitude : des livres, il y en aurait toujours. Des livres. Des livres. Délivrez-moi, pensa-t-il en les caressant doucement. S'il avait pu entrer dans l'un des volumes et s'y réfugier corps et âme, il n'aurait pas hésité, il aurait quitté cet appartement et tout ce qui s'y tramait. À défaut de connaître son père, il connaîtrait les hommes, ils étaient dans ces romans, avec leurs vies chaotiques, violentes, *Les Grandes Espérances*, *La Puissance et la Gloire*, *Le Bruit et la Fureur*, il suffirait peut-être de ne lire que les titres pour saisir l'immense complexité du monde et la solitude de chacun.

– Assieds-toi Enzo, il faut que je te parle.

– Je préfère rester debout.

Et il continua à caresser les livres, comme des objets protecteurs, *Le Premier Homme*, *La Douleur*, *Le Passage de la nuit*.

– Vous les avez tous lus ?

– Enzo, je suis sérieux.

– Vous en emmenez jamais un en voyage avec vous ?

– Comme tu le dis, ce sont des voyages, pas des vacances. Non, je n'en n'emporte pas – on dit « emporter », pas « emmener », pour un objet.

– Ah... Pardon.

Dans son dos les centaines de livres, si rarement ouverts, jamais emportés, se tenaient droits, raides comme ceux qui savent, qui connaissent les malheurs engendrés par les justiciers. Ces hommes honnêtes qui veulent le bien d'autrui.

– Si on parlait un peu de ta mère ?

Son fils ne revenait pas. Ça durait des plombes cette discussion avec Monsieur, si ça n'avait tenu qu'à elle, ils auraient déjà fichu le camp Enzo et elle. Elle avait étudié la carte de France, il y avait l'embarras du choix, la Bretagne, la Provence, les Landes, la mer longeait le pays en entier, et Liouba ne voulait pas se lancer au hasard, là où ils iraient ce serait le lieu où ils s'installeraient pour de bon, prendraient leurs habitudes et l'accent du pays, et on finirait par les confondre avec les gens du coin. Fini de vivre comme des Manouches ou des Africains du désert, oui, fini le désert, ils allaient trouver la meilleure plage et le bled qui va avec.

Pour se calmer elle faisait les cuivres. L'odeur de l'encaustique était aigre et offensive. Elle-même sentait la javel, l'ail et l'oignon, des odeurs de vieille femme, elle détestait tout ça, est-ce qu'on sent la friture quand on vend des gaufres au bord de la mer ? Et sentir le poisson, ça doit pas être mieux. L'idéal, elle s'en rendait compte maintenant, était d'être vendeuse de cartes postales, ballons, tongs et coquillages. Elle se ferait les ongles tous les jours, c'est beau de taper sur la caisse enregistreuse avec des mains de pharmacienne. Les yeux fermés, elle pouvait voir ce qui allait se passer, comment ça allait se passer, et aussi… tout ce qu'elle allait dire à son fils. Sa grand-mère paternelle, Marthe Popov, qui l'avait recueillie après l'accident et la mort de ses parents. Et André, l'arrière-grand-père taiseux, qui avait l'air furibard de celui qui s'est trompé de vie et cherche la sortie. Il vivait allongé et muet, ses yeux furieux et immobiles, quelle frousse elle avait, elle tremblait rien que de passer devant sa chambre, heureusement qu'il était paralysé (sa grand-mère disait « cloué au lit », et pour Liouba c'était une sorte de Christ horizontal, la croix au-dessus de sa tête était moins effrayante que ce vieillard cloué qui crachait du sang). Grandir dans la Creuse, tu parles d'une enfance fracassante ! Et qu'on ne lui parle pas des bienfaits de la campagne, la vie au grand air ce n'est pas ce que cherche un enfant ça non, elle appelait ses parents et seul le vent lui répondait, et à part que les morts sont dans le vent, Liouba n'avait rien appris. Elle s'était enfuie de chez sa grand-mère à seize ans et voilà, Enzo était né d'une succession de catastrophes et d'embrouillaminis.

Madame se tenait devant elle. Elle devina sa présence à son parfum épicé et au bruit de ses bracelets marocains qui l'accompagnaient toujours comme des clochettes une chèvre. C'était la première fois depuis le fameux bain qu'elles se faisaient face et Catherine-Cathy-Cath lui souriait comme quelqu'un qui a beaucoup de peine. Quelqu'un qui va vous annoncer une nouvelle tellement triste que même elle, qui se fiche de vous, en ressent un pincement au cœur. Elle se mit à parler comme dans les téléfilms, et à la façon dont elle dit «Je suis désolée», Liouba sut qu'il s'agissait de son fils.

Monsieur avait tenu à ce qu'Enzo prenne un livre – «l'emprunte et l'emporte» –, et assis sur une des chaises en plastique de la salle d'attente, l'enfant tenait dans ses mains un livre de John Fante, un auteur qu'il ne connaissait pas et dont il ne savait comment prononcer le nom. Il n'avait pas envie de lire. Lire n'est pas un passe-temps, lire est une chose sérieuse et pour l'heure son esprit était aussi affolé qu'une colombe dans une cage. Le livre n'était plus qu'un objet qu'il tournait et retournait dans ses mains, ça s'appelait *L'Orgie*, avec la photo en noir et blanc d'un paysan, ou d'un mineur, enfin un type qui bosse et qu'on paye pas, mais quel rapport avec le titre et qu'est-ce qu'Enzo foutait là, tout cela n'avait pas de sens. Est-ce qu'il était allé trop loin en s'installant dans la chambre débarras ? Farid-Michel lui avait dit que l'appartement appartenait à Catherine-Cathy-Cath depuis toujours, les Berthier, une grande famille catholique et bourgeoise dont jamais aucun membre ne s'était appelé Lucien, ils avaient vérifié, sa femme et lui, et pourquoi Enzo s'intéressait-il à leur famille ? Et vous pourquoi vous intéressez-vous à la mienne avait envie de demander l'enfant, mais il savait que pour eux, Liouba et son fils étaient tout sauf une famille, la preuve. Il allait devoir se montrer à poil et amoché devant un toubib et ça n'avait rien d'une visite de routine, pas même une visite en rapport avec son surpoids, ça avait à voir avec « le souci que je me fais pour toi, Enzo tu comprends ? » avait dit Monsieur en lui pinçant la joue, avant d'attraper au hasard un bouquin dans la bibliothèque et de le lui filer sans même lui demander son avis.

Le toubib était très ami avec Farid-Michel, ils se tutoyaient et se lançaient des coups d'œil désolés, on aurait dit que le poids du monde pesait sur leurs épaules, deux héros fatigués mais consciencieux. Enzo une fois de plus tenta de s'échapper de son corps, de ne pas sentir où se fourraient les doigts recouverts de latex, de ne pas remarquer les soupirs professionnels du docteur Vergne, les « Mon garçon » et les « Mon Dieu », en alternance. Une orgie c'est quelque chose en trop, non ?, quelque chose que l'on fait en trop, manger, baiser, rêver peut-être ? Le docteur lui demanda tout bas de se rhabiller, et quand il fut assis en face de lui, derrière le magnifique bureau en chêne, il lui posa des questions sur les types que Liouba ramenait à la maison le samedi soir, et alors Enzo sut dans quel piège il était tombé et à quel point il serait difficile d'en sortir, car il le vit à leurs mines de french doctors : il était un petit sauvage dont on allait prendre soin, et son cœur éclata, sa vie prenait fin, ici, dans ce cabinet médical du XVIe arrondissement de Paris. Il ouvrit *L'Orgie* et lut la phrase seuil : « Il s'appelait Frank Gagliano et ne croyait pas en Dieu. » Le docteur Vergne répéta sa question, plus fort cette fois, french doctor gueulant par-dessus le moteur de l'hélico, Enzo lut la dernière phrase du livre, elle était longue mais il prit son temps, même si le bouquin tremblait dans ses mains : « Je l'ai prise dans mes bras pour l'embrasser à pleine bouche en pleurant à cause de mon père et de tous les pères, et des fils aussi, à cause de cette période de ma vie, à cause de moi, car maintenant je devais aller en Californie, je n'avais plus le choix, je devais réussir. »

– Je peux le garder ? demanda-t-il à Monsieur.

Et à la façon dont Monsieur lui dit oui, il comprit que maintenant, c'était vraiment fini.

Les néons au plafond, le lino beige, les sorties de secours, l'ascenseur immobile, c'était 4 heures du matin. Trois jours plus tôt Enzo avait été admis dans ce service de pédiatrie, il découvrait un monde silencieux, un monde de portes et d'espoirs, d'attente et de douleur, un monde fait de mille mondes. On mettait des pommades sur ses plaies les plus intimes, honteuses et mal placées, avec une gentillesse qui n'était plus de son âge mais l'émouvait étonnamment. Il comprenait, dans le savoir-faire, le naturel des infirmières, tout ce que Liouba n'avait pas appris. Elle n'avait pas le droit de venir le voir. On lui avait dit Plus tard, vous viendrez plus tard, et ils avaient leurs noms dans des dossiers, avec des spécialistes penchés dessus, sa mère devenait une autre, Liouba Popov, domestique des beaux quartiers.

Enzo se tenait au bout du couloir désert. Il avait pris des tubes de crème et fait une petite réserve de compresses. Il aurait aimé dire au revoir à quelques enfants, celui qui l'appelait Baloo, celui qui lui faisait des clins d'œil, celle qui regardait la télé tout le temps, et celle qui était plus grosse que lui, qui était énorme, obèse était le mot qui débordait d'elle, la faisait tomber, la faisait souffler, *ça coule à l'intérieur*, le sucre, le poison caramélisé, la douceur qui colle et poisse et tue, ça coule à l'intérieur petite mère, mais un jour tu marcheras sur l'eau.

Il sortit du service de pédiatrie avec la certitude que plus jamais on ne déciderait pour lui, et avec la peur que cela lui faisait, d'être son propre maître, car il ignorait tant de choses.

Charles l'attendait à l'arrêt du bus, comme convenu, avec l'argent et le billet de train. Charles avait un père, qui avait une carte bleue, qui avait un code, et il savait se servir de tout ça, avec discrétion et jubilation.

Il faisait froid, la rue était pleine de silhouettes sans forme qui attendaient depuis des siècles, des Misérables qu'un géant avait laissés là et que personne n'avait ramassés, « sa tombe ressembla à son lit », Enzo avait pleuré en refermant le livre et il se demanda si Liouba dormait en ce moment, dans son lit aux matelas rapprochés, il espérait qu'elle comprendrait et ne menacerait pas Charles quand il lui dirait de ne pas l'attendre.

Il marcha jusqu'à la gare d'Austerlitz, il quittait Paris pour la première fois, avec son jogging noir, son sac à dos, étonné de se ressembler alors qu'au fond de lui, le bouleversement était si grand. Il n'allait ni à Moscou, ni sur les lieux de la guerre, il ne visiterait aucune capitale ni aucun musée, il allait au plus simple de la France, les Russes dans la Creuse... Il sourit en se mordant les lèvres, et cela lui plut, ce destin qu'aucun autre enfant de son âge ne pouvait ni avoir ni deviner. Il leva les yeux au ciel, peut-être que là-haut quelqu'un le voyait et l'encourageait en lui désignant le monde comme un minuscule terrain d'apprentissage, traverser les rivières, enjamber les mers, monter dans un train, et toucher la terre d'où l'on vient. Il chercha sur le billet de seconde classe le numéro du train Intercités et ce qu'il lut lui plut infiniment, « Enzo Popov », son nom imprimé et officiel.

Il s'assit près de la fenêtre, dans l'odeur de moquette sale et de rouille, le matin s'était levé, et de Paris à La

Souterraine, la lumière n'en finirait pas de changer. Il croisa les bras sur son ventre, calé sur sa graisse il était bien, et quand le train quitta la gare, lentement, il eut l'impression de venir au monde.

Pendant ce temps, dans le service des enfants malades, une infirmière découvrait son lit vide, coups de téléphone, paperasses, panique. Liouba, elle, avait déjà été avertie par Charles : Enzo allait bien, ils se retrouveraient bientôt. Mais pas chez les patrons, hein Charles, dis-lui de fuir ce truc atroce : les gens qui pensent à la place des autres, dis-lui de se barrer le plus vite qu'elle peut.

Dans quelques jours ce serait l'été, la fin de l'année scolaire, le dossier Enzo Popov valserait du bureau du proviseur à celui du pédiatre, peut-être que quelques élèves auraient la frousse, peut-être qu'une fille sur les nerfs craquerait et jouerait les balances, peut-être même qu'on demanderait à Farid-Michel de fournir quelques feuilles de paye, la fugue d'Enzo, le battement d'aile du papillon.

Derrière la vitre, la campagne succédait à la banlieue, en s'éloignant de Paris la vie se raréfiait, la France ressemblait à avant. Depuis le lynchage et ses jours de fièvre, c'était la première fois qu'Enzo était seul, et il avait enfin le temps de penser, lentement, tranquillement, à tout ce qu'il savait. L'histoire d'André Popov lui plaisait, après tout il était né d'un homme qui avait aimé et souhaité mourir pour ça. Une histoire compliquée, comme dans les livres. Il se sentit rempli d'orgueil, et sans y penser il se redressa sur son siège, se tint plus droit, rajusta son jogging. Il s'aimait bien.

Son môme s'était barré, il avait repris leurs habitudes anciennes : bouger tout le temps. Sauf qu'il n'avait pas été chassé, sauf qu'il avait fait le mur, comme on dit. Liouba se rappela le jour où elle avait fugué, laissant derrière elle sa grand-mère et toute cette vie de vieillesse et de labeur. Elle avait fait du stop, elle avait marché, elle était montée dans des bus et des camions, et puis elle avait vécu d'un endroit à l'autre, prise dans un courant violent, plus fort que sa volonté.

Elle regarda la chambre si bien rangée, les draps pliés sur le lit aux deux matelas découverts, les oreillers blancs, la lumière violente derrière les volets fermés, et cette odeur de Nutella qui ne s'en allait pas. Tout ça, cette vie avec son fils, c'était déjà hier, ça ne reviendrait plus. Elle s'était appliquée et avait fait le ménage avec une ardeur féroce, pour qu'il la croie heureuse et ne veuille jamais bouger de là et fasse toutes ses études dans le prestigieux collège. Quand elle lavait les vitres, deux fois par semaine, quand elle arrosait les plantes, tous les jours, elle espérait qu'il la regardait et qu'il en était baba, et se disait Merde, elle a trouvé sa place on dirait ! Elle détestait faire le ménage, elle trouvait ça con, à la vérité, elle trouvait ça aussi stupide que lutter contre le temps qui passe, ou défier la mort. La poussière, à peine effacée, revenait aussi sec, les vitres à peine lavées se tachaient de pluie et de pollen, et ses mains à elle, aucune crème n'en venait à bout, et depuis qu'un type lui avait demandé si c'était une maladie et si c'était contagieux, elle n'avait plus caressé personne. Tous les samedis soir : en tête à tête avec son fils, comme si elle avait passé son tour.

Ça lui fichait le cafard et ça la rendait heureuse aussi, de foutre le camp. C'était bizarre, cette impression de laisser un peu d'elle et de son fils dans cet appartement où rien n'était à eux. Ils n'avaient jamais rapporté un objet, une fleur, une pierre, on aurait dit qu'ils n'avaient rien touché, quelle ironie pour quelqu'un qui avait passé son chiffon huit heures par jour sur toutes les surfaces possibles ! Ça lui faisait de la peine et ça lui faisait du bien aussi, elle partait avant que les patrons le lui aient demandé. Elle les plantait sans préavis, et elle les imaginait, derrière l'ordinateur, le téléphone à la main, « le casting du personnel » ils appelaient ça, comme si leur vie était un film tellement passionnant qu'ils y plaçaient des figurants. MA vie est passionnante, pensait Liouba, j'ai jamais quitté la France, j'ai jamais rien acheté en free taxe, mais j'ai fait les 400 coups, on peut le dire. Tellement de conneries que me voilà, à même pas trente ans, mère de famille et libre. J'ai encore dans les vingt, oui, et j'ai vécu avec mon môme dans un monde immense, et je ne sais pas pourquoi j'ai gâché ce temps béni en comparaisons stupides : quelles notes il ramenait, comment il était classé, s'il participait en cours dans le prestigieux collège. Rien à foutre des bulletins scolaires et de l'intégration, toutes ces conneries pour se fondre dans la masse et finir objet informe. Qu'est-ce qu'il manque à notre dossier ? Un père ? Un nom en face de la case « chef de famille » ? Les chefs, je ne les aime pas, les patrons, les docteurs, les proviseurs, je ne les aime pas. Mon fils a rêvé de Deauville, et c'est là que je vais. Dans ce monde de riches qui ne me fait plus peur, sur les planches des stars et les plages aux pique-niques interdits, c'est là que j'attendrai Enzo, et c'est là qu'il viendra.

Alors elle quitta la chambre et referma la porte sans faire de bruit, doucement, par respect pour son fils et elle, leurs nuits partagées, tout ce qu'ils ne s'étaient jamais dit, cette pudeur et cette maladresse qui faisaient leur amour.

Après le train il prit un car, après le car un autre car, comme s'il fallait se donner beaucoup de mal pour arriver dans ce lieu secret, ce trou perdu, mais c'est là qu'il voulait les retrouver, tous, les salauds, les amoureux, les soldats, ces ancêtres qui le tenaient sur leur socle, bien plus fort qu'un père inconnu qui jamais ne le prendrait dans ses bras, jamais ne le protégerait. Il était fort maintenant, et il était trop tard pour demander de l'aide à son père, trop tard pour rattraper douze années sans lui, et voilà c'était l'été à La Courtine, et il prenait le soleil en plein dans le regard, il avait acheté des lunettes de soleil à l'arrêt de Felletin, et c'est fou comme ces lunettes le changeaient, avec elles il se sentit un adulte.

Il descendit du car et il lui sembla être arrivé nulle part. Il n'y avait rien. Seule la gare désaffectée, de l'autre côté de la rue. Grise, entourée de rouille et de mauvaises herbes. Tout autour, la colline et les forêts, et le bruit de l'eau. Il s'approcha lentement, comme si la gare avait pu disparaître, comme si tout était fragile. À terre, le panneau «La Courtine» semblait avoir été posé là par découragement. Les voies ferrées avaient la finesse de ce qui se meurt. Puis il vit la Boucherie-Charcuterie, installée dans une partie du bâtiment. Il éclata de rire et eut aussitôt envie de pleurer. Il mit son sac à dos en bandoulière. Il n'était plus un écolier, et il n'était pas un touriste.

Alors il vit les rues désertes qui montaient vers les forêts, et puis les fenêtres obstruées, les bars fermés, et il pensa que depuis le drame, le village s'était tu. Et c'était bien. Il salua les murs qui avaient vu passer André, salua le clocher de l'église qui avait sonné quand il était descendu du train avec Iouri, cet amour immense et interdit qui lui rongeait le cœur, et tous deux le savaient-ils, dans quel piège on les menait, ce petit village tellement français, typique et déserté par les hommes ? Le savaient-ils qu'un jour lui, Enzo Popov, viendrait leur rendre visite, et qu'il serait si fier de cet amour entre hommes, il en manquait tellement dans sa généalogie, des hommes, et il les imaginait enlacés chaque soir pour se battre près des baraquements et des odeurs de tabac. Je vous dois la vie, dit-il en passant la main sur la balustrade du petit pont, je suis né d'ici, et alors il vit l'étrange monument aux morts, sur lequel le soldat tendu vers le ciel, visage renversé, semblait un oiseau tiré en plein vol. Louis, Raymond, Joseph, Amadis, morts avant que son ancêtre n'arrive chez eux, et Eugène, Adrien, Félix, Charles, Antonin, Vincent, Jean, Auguste, Yves, François, Baptiste, Antoine, Albert, Camille, Léon, Arthur, Simon, Paul, Étienne, Alphonse, Jeannet, Lucien... C'était loin. Et c'était proche. C'était intime et dépassé.

Enzo n'aimait pas son prénom. Liouba refusait de lui dire pourquoi elle l'avait appelé Enzo et il pensait que cela venait d'une série américaine qu'elle regardait avec ses copines, alors qu'elle était enceinte de lui, *Sorry Enzo*, en se gavant de chocolat.

Laissant les morts pour la patrie et leurs prénoms français, il alla droit devant, vers le camp. Il croisa de jeunes soldats, fusils en bandoulière, godillots, uniformes bariolés, comme dans les jeux vidéo avec Charles le mercredi après-midi, les habitants de ce village désert c'était eux, qui s'entraînaient à la guerre sans mourir.

Il y avait un marchand de souvenirs et un bureau de tabac. Une boulangerie. Il ne s'arrêta pas. Il y avait, face à lui, l'entrée du camp. Il n'avait jamais eu la fièvre. Et il n'avait pas déliré. Il connaissait ce camp. Et il les vit, les soldats et les chevaux qui étaient descendus des mêmes wagons à bestiaux pour arriver là, escortés par les habitants du village curieux de ces Russes qui avaient fait la guerre et qu'on traitait de déserteurs. Qui avaient combattu au Chemin des Dames et qu'on traitait d'étrangers. C'était l'ancienne entrée, et qui ne servait plus. Mais la grande et nouvelle et fonctionnelle entrée, Enzo n'irait pas la voir, et il restait ici, aux portes du massacre. On avait annoncé huit fusillés, et il manquait six cents corps. Où êtes-vous, les sans-tombe, sans-croix, sans-honneur ? Où était Iouri ? Son souffle flottant au-dessus des arbres, et son souvenir atroce dans la vie d'André, traître et salaud. Enzo se sentit terriblement fatigué soudain, et tout à fait seul, car le passé restait derrière lui et il ignorait où étaient ses contemporains.

Il retourna sur ses pas et entra au bureau de tabac. Il ne savait pas quelle marque de cigarettes il devait acheter. Que fumait Liouba ? La fille derrière la caisse était patiente. Elle aurait pu être juive ou arabe, avec ses yeux noirs en amande, sa peau bronzée et ce nez un peu long qui lui donnait un profil de tragédienne. Elle avait relevé ses cheveux roux en un chignon haut enroulé autour d'un élastique, et quand elle se tourna pour prendre les Gitanes qu'il avait commandées, Enzo vit sa nuque, longue, mate, et il eut dans l'instant l'envie de la dessiner, pour ne jamais l'oublier. Il fit ce geste d'homme de chercher la monnaie dans sa poche, mais son jogging était lâche et sa main s'enfonçait sans rien saisir, la fille lui sourit en penchant un peu la tête, Servez les autres, dit Enzo, mais il n'y avait personne, et enfin il trouva sa monnaie, posa l'argent sur le comptoir et la fille lui suggéra d'acheter aussi un briquet tant il était évident qu'il n'avait pas l'habitude de fumer. Elle avait une jolie voix, un peu traînante et lointaine, comme si elle s'en fichait, et de toutes petites cicatrices sur le front, Enzo pensa que sa mère ne lui avait pas mis de moufles quand elle avait eu la varicelle c'était dommage, mais ça aussi il avait envie de le dessiner, Est-ce que vous vendez des cahiers, des feuilles, et puis aussi un crayon à papier ? il lui demanda en osant la regarder en face, ce qui le fit tousser, alors il regarda la boutique avec un intérêt soudain, hochant la tête comme s'il approuvait tout, les cartes postales, les journaux, les catalogues de La Redoute et les tirages du loto. Elle avait posé un carnet à spirale et un crayon gris sur le comptoir et il fallut bien la regarder encore, chercher la monnaie dans cette poche qui se dérobait, et surtout cacher son trouble. Comment elle faisait pour avoir l'air aussi présent et aussi fatigué, Enzo n'aurait su le dire, il leva le pouce pour lui signifier que le choix qu'elle avait fait pour lui du carnet et du crayon était vraiment extra, et quand elle rit, il crut qu'il allait s'écrouler sur lui-même. Les livres ne lui avaient rien appris. Aucun auteur ne lui était d'aucun secours, aucune phrase seuil, pas un seul roman ne l'aidait dans ce moment où il aurait dû prendre les jambes à son cou pour aller cuver sa honte tout seul, mais il ne partait pas : la fille avait ri et il avait entendu les copines de Liouba dire que lorsqu'un garçon fait rire une fille… Alors il chercha ce qu'il pouvait dire de drôle, il ne trouvait rien et le temps passait, elle le regardait avec cette patience des gens qui s'ennuient, et soudain il annonça qu'il allait la dessiner, elle lui dit qu'il manquait 13 centimes et il sut qu'il devait la laisser. Au moment de sortir il dit que c'était vrai, il allait la dessiner, il était un bon portraitiste, et le choix du carnet à spirale n'était pas si extra que ça, il préférait un tout petit carnet, un minuscule, le plus petit qui soit, il reviendrait dans l'après-midi et lui montrerait son portrait, elle serait drôlement surprise. La sueur coulait dans son dos, comment avait-il osé, comment avait-il pu lui dire tout ça, comme si quelqu'un parlait à sa place, le poussait et lui donnait des impulsions nouvelles, une énergie qu'il n'avait jamais eue. Elle posa un tout petit carnet sur le comptoir et lui dit qu'elle ne travaillait pas l'après-midi, le travail enchaînait l'homme et l'abêtissait et ça faisait un euro soixante qu'elle lui offrait.

Il alla s'asseoir au bord de l'étang tout proche, les pêcheurs ressemblaient à ceux de l'île de la Cité, c'était peut-être les mêmes, et depuis toujours. Dans cet étang, André et Iouri s'étaient baignés, les soldats aiment ça, ils avaient plongé en cachette une nuit avec une lune grosse comme un projecteur qui donne à l'eau une brillance luxueuse. Enzo regarda les collines alentour, les champs, se demanda lequel André avait labouré, ce moment où il avait été heureux, peut-être.

Il tournait le paquet de cigarettes dans ses mains sans l'ouvrir, la buraliste était la première fille qui le troublait, et il se demanda si un homme un jour avait aimé la nuque de Liouba, et est-ce qu'on peut naître de ça, simplement, un truc qui vous surprend, comme le détail d'un tableau ? Lucien Berthier devait le savoir, lui qui passait ses dimanches au Louvre. On dit qu'on aime la peinture, mais peut-être qu'on aime juste le temps qu'on peut passer devant la peinture.

On s'exerçait au tir dans le camp et les coups de fusil résonnaient, secs et serrés, les oiseaux s'éloignaient, il ferma les yeux et posa sa tête sur une grosse pierre, épuisé par cette journée qui contenait trop de choses.

Il s'endormit, dans son jogging noir. Depuis le camp, à la jumelle, il ressemblait à un animal paisible, chien, ours, évadé de la forêt et arrivé là par erreur. Mais c'était juste un enfant posé au bord de l'eau.

La valise de Liouba grinçait, un frottement régulier et terriblement agaçant si l'on se fiait aux regards furieux que les passants lui jetaient et qu'elle ignorait superbement. Bien sûr, sur les planches de Deauville on préférait le son des talons hauts ou des chaussures de plage, mais elle, Liouba Popov, elle débarquait et elle aimait ça, le bruit que faisait son entrée dans ce monde-là. Elle n'avait pas trente ans et venait de se sortir d'un sacré merdier, elle avait fui Paris avant que Monsieur ait eu le temps de l'emmener faire sa déclaration au poste, « Disparition inquiétante », quelle blague, on voyait que ce type n'avait jamais eu d'enfant, il n'avait pas plus d'intuition qu'une bûche ! Enzo avait toujours aimé la nuit et c'était la nuit qu'il avait fui, elle, elle aimait le jour et le soleil, bien qu'elle ait une peau plus fragile que la soie.

Elle s'assit au bout de la jetée, sur sa valise. Enzo avait raison, Deauville c'était pas loin, et c'était beau. Elle mit son bob et ses lunettes de soleil et regarda longtemps les reflets du soleil comme des éclats de feu sur l'eau blanche. Elle se sentait de parler à son fils. Face à l'horizon rien ne paraît grave, même si on passe sur les planches en se faisant engueuler rien n'est grave, vraiment pas. Ton père s'appelait Hervé, c'était un vieux, à l'époque il avait trente-huit ans, c'est pas énorme mais j'en avais seize et j'aurais pu être sa fille. J'avais fugué, comme toi, parce que la vie chez la grand-mère Popov dans la Creuse, c'était pas Noël tous les jours. Je l'aimais pas. J'avais décidé qu'après mes parents j'aimerais plus personne, et tu me connais je suis têtue. Un jour je me suis tirée de chez elle, et elle non plus apparemment elle n'a signalé aucune disparition inquiétante. Peut-être elle avait l'habitude que tout le monde la quitte, son mari résistant et fusillé, son fils mort au bord d'une route, son père, André, cloué au lit. J'ai fugué et j'ai travaillé à droite à gauche, rencontré des gens sympas qui rêvaient de choses impossibles, et puis un soir ça a mal tourné, c'était à Langeais, qu'est-ce que je foutais à Langeais, bref, un soir où on avait pas mal bu au bord de la Loire je me suis endormie, et quand je me suis réveillée j'étais seule. Avec un autre gars que je connaissais pas, qui faisait pas partie de ma bande. Il m'a sacrément dérouillée. Hervé était un homme âgé pour moi, un homme bon aussi. C'est chez lui que j'ai sonné au petit matin parce que j'avais besoin d'aide. Et d'un peu de réconfort après ce qui m'était arrivé, ce fou furieux au bord du fleuve qui avait eu tellement envie de me tuer. C'est moi qui ai rejoint Hervé dans son lit. Il avait rien demandé. C'est pour ça que je lui ai jamais rien demandé non plus. Ni reconnaissance en paternité, ni fric, tous ces trucs-là. Il était marié et sa femme était juste partie deux jours, elle allait revenir et je les ai laissés tranquilles. Je suis repartie. Et tu étais là. On appelle ça « un accident ». Je préfère dire « une surprise ».

Enzo s'était cru né du bitume, mais son histoire était plantée en terre, ce qu'il croyait ignorer était ici. Il ne rêvait pas. Allongé sur l'herbe, son visage sur la pierre, il reprenait son souffle. Reprenait ses esprits. Une buse vola au-dessus du lac, l'ombre de ses ailes frôla le front d'Enzo, puis elle disparut avec un cri aigu. L'enfant se réveilla.

Il s'installa du mieux qu'il put pour dessiner la buraliste, sur le tout petit carnet. C'était un travail minutieux, vingt-cinq portraits de mémoire, il y mit toute son attention, les yeux en amande, les lèvres, la varicelle à son front, et sa nuque... Il se demanda si ses cheveux avaient une odeur, même et surtout les tout nouveaux, fragiles comme un duvet d'oiseau, échappés de l'élastique. C'était un bouleversement qui le rendait triste et plein d'espoir, il dessinait le regard las et profond de la buraliste et il oubliait André Popov, Iouri Lazarevski, les noms sur le monument aux morts et les fusillés sans sépultures, il pensait à la courbe parfaite de sa nuque, l'endroit exact où il avait envie de poser son front.

Il se demanda où était Liouba. Pas dans le grand appartement, cela il le savait. Il n'y avait plus personne là-dedans, à part les patrons, ce qui n'était vraiment pas grand-chose, ce qui n'était rien à la vérité, étrange comme certains êtres ont peu de poids alors que d'autres semblent contenir la vie tout entière. Lui se sentait vivant. Caché derrière ses lunettes de soleil, sûr qu'on lui donnait bien... quinze ans ? Liouba aurait été fière de le voir comme ça, elle qui n'aimait pas qu'il l'appelle maman et craignait ce mot comme une accusation. Maman. Maman. Maman. Il attendrait des années avant de le redire. Il attendrait qu'elle soit très vieille et le réclame comme une dernière justice.

Il eut envie de marcher dans la forêt, parce que le soir rendait des odeurs nouvelles de résine et de pin, et c'était la première fois qu'il marchait sur du bois mort et des pierres. La forêt montait pour dominer le village, il y avait des fleurs minuscules dont il ignorait le nom, et un silence nouveau, éphémère et paisible. Il s'entendait respirer trop fort, et les plaies au bas de son dos tiraient sur sa peau. Le collège lui semblait loin, mais ne l'était pas. Quelque chose de son ancienne vie était inscrit dans sa chair qui lui rappelait ce qu'il avait fui. Il ramassa un caillou et le mit dans sa poche. Il pissa maladroitement contre un arbre, éclaboussant le bas de son jogging. Il poussa des cris d'oiseaux qu'il n'avait jamais entendus, enroués et plaintifs. Il vit des petites branches dans le bois desquelles on aurait pu sculpter des croix. Il en brisa une et battit l'air devant lui, pour entendre le son du vent. Il fit ce que font les enfants dans la nature, surpris par une solitude nouvelle, et la force des arbres centenaires, les échappées du ciel entre leurs cimes, près des nuages transparents. Il découvrait un monde honnête et tranché, qui avait la beauté et l'austérité de ce qui se mérite.

Il fut étonné d'être monté si haut. En bas, le village était une miniature inachevée, il y manquait la vie d'avant, qui s'organisait autour du camp et des champs. Il se demanda si Liouba connaissait cela, et si quelque chose ici se souvenait d'elle. Avec ses slims panthère et ses talons hauts on voyait bien qu'elle n'était de nulle part, puis il se dit qu'avec son sale caractère et ses sautes d'humeur, sa mère était loin d'être sans attaches et qu'elle luttait au contraire pour les repousser et les oublier. Paysanne, dit-il tout bas. Paysanne que tu es. Et il en sourit de bonheur, parce qu'il l'avait démasquée, et il revit ses ridicules chaussures tordues, paysanne, sa cigarette après le boulot, son odeur d'oignons, ses journées de labeur, paysanne ! Paysanne ! Il le cria au silence de la forêt et l'écho lui renvoya le mot, ils jouèrent ainsi tous les deux, Enzo le lançait de plus en plus vite, puis sur d'autres rythmes, dans les aigus et dans les graves, et toujours le mot lui revenait. Parce qu'il était vrai.

Cela l'emplit d'une tendresse immense, cette origine cachée de sa mère, et c'est vrai qu'elle avait encore dans les vingt et bien le temps d'accepter sans en avoir honte de venir d'un endroit paumé. Il entendit la chanson qu'il aimait et qui parlait d'un petit bonheur ramassé au bord d'un fossé, et il eut envie de tenir Liouba contre lui. La tendresse lui arrivait par bouffées, mais peut-être était-ce tout simplement l'envie qu'il avait de revoir la buraliste qui le rendait sentimental. Il était plein de sentiments nouveaux.

Il faisait nuit quand il arriva à La Courtine, les trois magasins étaient fermés, peu de lumières et pas un son, juste le ruisseau qui courait sous les ponts, et au-dessus de lui un ciel criblé d'étoiles. Le vagabond des étoiles. C'était ça, l'aventure. Il marcha sur la départementale pour demander une chambre à l'unique hôtel indiqué à la sortie du village. Il marchait et les maisons s'espaçaient, il voyait sur les collines les lumières des fermes, de loin en loin. Il vivait dans la nuit et pour une fois, ça n'était pas en rêve. Ses pas sur les gravillons avaient une présence forte, il avait en lui comme un avant-goût de ce que pouvait être la vie, délicieusement dangereuse, avec des hasards et des propositions, un destin peut-être, et il se sentait minuscule et précieux, immense et mortel.

Il entra dans le bar du Petit Breuil, et d'emblée il la vit. Avant de recevoir le bruit des voix, les silhouettes fatiguées et l'odeur du vin, il vit la nuque de la buraliste. Il s'approcha tout doucement sans la quitter des yeux, et les copains assis à côté d'elle finirent par se taire pour regarder cet inconnu qui avançait à pas de loup, les yeux rivés sur le dos de leur copine. Elle se retourna à son tour, tendit la main vers lui et annonça Je vous présente un portraitiste qui vient de Paris ! Cela les fit rire et Enzo mit deux doigts à sa tempe pour les saluer, c'était viril et décontracté, tout à fait ce qu'il fallait car son cœur poussait ses côtes, il dit qu'il s'appelait Enzo et que son grand-père était russe et creusois et il demanda à s'asseoir. Ses jambes ne le portaient plus. Eux étaient de Paris, Limoges et Fréjus, vivaient ensemble dans des fermes communautaires, étaient postiers, musiciens, buralistes, mangeaient bio et élevaient des poules. C'est ce qu'ils lui expliquèrent pour le détendre un peu, car son angoisse se voyait, il la portait comme une seconde peau. Ils lui commandèrent une bière, lui firent un peu de place et reprirent leurs discussions, sa présence ne les avait pas dérangés. Et c'est cela qui étonna le plus Enzo.

Il voyait la nuit à travers le feu, et tout autour les générations mélangées, les vieux sur les pliants, les musiciens aux dreadlocks, les filles un peu ivres et les bébés endormis dans les poussettes. Il aimait les regarder ainsi à travers les flammes, nimbés d'or flou, dansants et troubles. Un garçon s'assit à ses côtés et lui conseilla de sauter par-dessus le feu pour éloigner les sortilèges. Enzo dit qu'il était trop gros pour sauter, Pas de bol, répondit le type en lui tendant un joint, tu sauteras quand il sera plus bas. Enzo tira un peu sur le joint, s'allongea et dit qu'il avait pas mal de sortilèges à briser, puis il rit de cette façon qu'il avait de parler maintenant, comme un mec lucide, un peu blasé, il rit tellement que les étoiles à travers ses larmes semblaient des perles prêtes à tomber. Van Gogh trouvait que la nuit avait plus de couleurs que le jour, il dit au garçon, mais l'autre ne répondit pas, Enzo avait l'habitude, souvent il croyait qu'on pouvait entendre ses pensées, mais beaucoup ne les entendaient pas, beaucoup avaient besoin de concret. Plus de la moitié des étoiles se déplacent avec un compagnon, la solitude est très dure pour une étoile, tu savais ça, man, l'étoile prend de la matière auprès de sa compagne pour développer sa masse. Ouais, dit le type qui soudain entendait tout, t'es gros et tout seul, c'est ça que t'es en train de me dire avec tes métaphores à trois balles ? Enzo soupira, oui, c'était exactement ça qu'il était en train de dire avec ses métaphores à trois balles, il était gros et tout seul, et il pensa qu'il fallait qu'il trouve un moyen de montrer ses dessins à la buraliste, parce que c'était plus que des portraits, c'était un voyage dans le temps, voilà ce que c'était. Il ferma les yeux pour mieux entendre le bruit du feu, le son des djembés et de tous ces vivants, cette musique désordonnée qui tournait dans sa tête, il espérait ne pas être trop soûl ni pété, il espérait que tout cela soit réel. Pour s'en souvenir toute sa vie. Pour le raconter à Liouba parce que... Sur sa main, la chaleur d'un tout petit animal. Il n'osa pas bouger. Une douceur se lovait là, au creux de sa paume, et la caressait, encore et encore, lui déliait la main lentement, chaque doigt l'un après l'autre, comme une fleur, mon Dieu est-ce que je délire, et tout doucement il ouvrit les yeux, au moment où elle se levait et partait, elle avait détaché ses cheveux et on ne voyait plus sa nuque. Enzo regarda sa main comme si elle était nouvelle, la buraliste y avait posé la sienne, est-ce que c'était vrai ? C'est le moment de sauter par-dessus le feu, dit le type à

ses côtés. T'as raison, man, dit Enzo après avoir porté sa
main à ses lèvres. Il se leva, ajusta son jogging. Le Russe va
sauter par-dessus le feu ! hurla le type, et il sembla à Enzo
que tous le regardaient et l'attendaient, alors il évalua la
hauteur des flammes, c'était brouillé et magnifique, totalement dément, son cœur de gros frappait les trois coups,
il prit une grande inspiration et sauta en gueulant un
Svoboda !!! que personne ne comprit, cela dura une
fraction de seconde mais il crut être dans les flammes un
temps infini, il vit André et Iouri qui l'attendaient et le
regardaient se cramer les cheveux, hurler et traverser ce
monde brûlant, ravagé et vivant. Puis il sentit la serviette
mouillée sur son visage, entendit les rires et quelques
applaudissements, et chacun passa à autre chose, c'était
fini, il avait brisé les sortilèges. Elle était face à lui et lui dit
Je m'appelle Léa, tu as brûlé ton pantalon, tu es un peu
casse-cou, non ? Il haussa les épaules pour tenter d'expri-
mer quelque chose, mais à part qu'il était prêt à s'éva-
nouir il ne savait plus rien. Léa regarda ses yeux noirs, ce
garçon avait l'air bizarre, gentil et barré, il sentait le feu et
le sel, alors elle lui dit qu'elle voudrait bien elle aussi qu'il
lui parle des étoiles, et elle l'entraîna à l'écart, là où ils
n'entendirent plus ni les voix ni les djembés, c'était
comme se trouver sous l'eau et y respirer, être seul mais
faire partie du monde.

Dans notre arbre généalogique, dit Enzo tout bas et sans oser la regarder, il y a toujours une étoile en train d'exploser. Léa lui prit la main et la posa sur ses cheveux, son cou, sa nuque, Continue, dit-elle, il tremblait et sentait qu'il s'approchait d'un nouveau monde. La nuque de Léa était longue, un peu mouillée, Continue… Il dit qu'elle, Léa, était faite de poussière d'étoiles, qu'elle était née de cette mort, qu'on naissait tous de la mort de quelqu'un, et elle posa sa main sur sa peau, à l'endroit exact où son cœur devenait fou, il s'entendit sangloter, Continue, elle disait, et sous la chaleur de sa main, son cœur prit un rythme fort et régulier, Les éléments de notre corps viennent d'étoiles mortes depuis longtemps. Comment avait-elle fait pour lui ôter son sweat-shirt et s'allonger sur lui, comment pouvait-elle faire tout cela si vite, le renverser et le dévêtir, et sur sa poitrine ses cheveux allaient et venaient, car elle posait de tout petits baisers là où ceux du prestigieux collège avaient éteint leurs cigarettes. Il sentait le désir qu'il avait d'elle, son sexe réagissait comme dans ses jouissances solitaires pourtant cela n'avait rien à voir, car ce qu'il ressentait jamais il n'aurait pu l'imaginer, jamais il n'en avait rêvé, et il essayait de respirer, de survivre à cet orage. Léa avait fait glisser son jogging sans problème, il dit Le calcium de tes os vient d'une étoile, et elle mit sa langue là où ceux du prestigieux collège avaient posé leurs briquets, Le fer de ton sang, le carbone de tes cellules, et il vit son visage au-dessus du sien, avec ses cheveux tout autour qui leur faisaient une petite protection, il était sûr que ses cheveux les dérobaient tout entiers aux regards, et il gémit quand elle le fit venir en elle, elle posa son poignet sur sa bouche, il la mordit sans scrupules, sans penser qu'il pouvait la blesser, il n'existait plus que dans cette partie de son corps, ce sexe d'homme dont elle s'était emparée. L'odeur de henné de ses cheveux, de sa transpiration, son haleine sucrée et l'odeur de l'herbe coupée, tout se mélangea et s'unit à son plaisir. Il pleura de toute cette jouissance et de la puissance qu'il avait en lui, de ce que son corps abritait de merveilles. Léa se retira, il ne savait pas si elle avait été heureuse, il avait peur des cris des femmes, ceux qu'il entendait dans les films pornos, effrayants, agressifs. Elle n'avait pas poussé ces cris-là, alors il lui demanda simplement si elle avait été bien, et aussitôt il se sentit ridicule, elle l'avait pris comme les hommes prennent les femmes, et il dit simplement Merci. Cela la fit rire mais il sembla à Enzo que cela lui plaisait, ce remerciement, car elle savait qu'elle était la première.

Elle était partie. Il était seul comme jamais. Son corps de gros rendu à lui-même, affalé sous le ciel sombre où les étoiles se marraient. Enzo leur sourit, c'était de bonnes copines. Il posa ses vêtements sur son corps nu, comme une couverture, pas la force de bouger pour s'habiller, il souhaitait tant que Léa revienne, caresse à nouveau sa peau, son ventre, ses cuisses, toute cette chair en trop qui était la sienne, et grâce à laquelle peut-être il ressentait plus de plaisir que les autres. Il pleura à cette idée : il ressentait plus de plaisir que les autres, il avait plus de capteurs sous plus de peau, tout ça, qui faisait son surpoids, faisait aussi sa jouissance. Alors il ferma les yeux pour que le sommeil le maintienne dans cet espace de douceur et de fatigue, au-dessus de lui le ciel était le même qu'à Paris mais à Paris on ne le voyait pas, il faut être dans le noir profond pour voir ce qui brille.

Il repartirait dès qu'il ferait jour, par le premier car pour Felletin, où il prendrait le deuxième car pour La Souterraine, où il prendrait le train pour Paris, et puis… Et puis non. Il mettrait ses lunettes de soleil, son sac à dos en bandoulière, et il lèverait le pouce au bord de la route, monterait dans des voitures et des camions. Au hasard. Avant de partir il donnerait le petit carnet à Léa, elle dormirait sûrement alors il le déposerait sur son oreiller, tout contre ses cheveux. Elle comprendrait que selon qu'elle le feuilletterait très vite dans un sens ou dans l'autre, elle verrait son visage rajeunir, ou vieillir. Mais les filles n'aiment pas se voir vieillir. Il faudrait ajouter un mot, gentil et rassurant, pour lui dire qu'elle pouvait visiter le temps, voyager avec ceux qui ne parlent plus… C'était trop long, ça ne tiendrait pas dans le carnet. Où était-il d'ailleurs ? Il le chercha fébrilement dans les poches de son jogging. Il n'y était pas. Il tâtonna tout autour. Il n'y était pas. Il se rhabilla et chercha plus loin. Puis il comprit que le visage de Léa, vieillissant ou rajeunissant, avait brûlé dans le feu de la Saint-Jean. Il n'y avait donc plus rien à expliquer. Et il partirait le lendemain. Il marcherait sur la route et un jour, il arriverait au bon endroit.

Merci à Julia Olmi, Claire Delannoy, Pascal Elso, Annie Plazanet, Thierry Achard, Thierry Continsuzat.

DU MÊME AUTEUR

Romans

BORD DE MER, Actes Sud, 2001.

NUMÉRO SIX, Actes Sud, 2002.

UN SI BEL AVENIR, Actes Sud, 2004.

LA PLUIE NE CHANGE RIEN AU DÉSIR, Grasset, 2005.

SA PASSION, Grasset, 2007.

LA PROMENADE DES RUSSES, Grasset, 2008.

LE PREMIER AMOUR, Grasset, 2010.

CET ÉTÉ-LÀ, Grasset, 2011.

NOUS ÉTIONS FAITS POUR ÊTRE HEUREUX, Albin Michel, 2012.

Nouvelles

PRIVÉE, Éditions de l'Arche, 1998.

LA PETITE FILLE AUX ALLUMETTES, Stock, 2004.

Théâtre

LE PASSAGE, Éditions de l'Arche, 1996.

CHAOS DEBOUT, LES NUITS SANS LUNE, Éditions de l'Arche, 1997.

POINT À LA LIGNE, LA JOUISSANCE DU SCORPION, Éditions de
l'Arche, 1997.

LE JARDIN DES APPARENCES, Actes Sud-Papier, 2000.

MATHILDE, Actes Sud-Papier, 2001 et 2003.

JE NOUS AIME BEAUCOUP, Grasset, 2006.

UNE SÉPARATION, Triartis, 2009.

Composition : IGS-CP
Impression : CPI Firmin-Didot en mai 2013
Éditions Albin Michel
22, rue Huyghens, 75014 Paris
www.albin-michel.fr

ISBN broché : 978-2-226-24969-2
ISBN luxe : 978-2-226-18462-7
N° d'édition : 20212/01 - N° d'impression : 118305
Dépôt légal : août 2013
Imprimé en France